Die Lebensfalle

BRITA LINK

Die Lebensfalle

Ein Roman mit biografischen Zügen

E-Book, 1. Auflage, September 2017
Copyright © 2017 by
Brita Link

Satz, Umschlaggestaltung, Herstellung und Verlag:
BoD – Books on Demand
Norderstedt
ISBN: 978-3-7448-9754-9

*Ehrgeiz allein reicht nicht aus,
um eine glückliche Welt zu schaffen.*

(Matteo)

1

»Mama, sind wir gleich da?« In jedem Jahr die gleiche Frage an der gleichen Stelle. Wir hatten gerade mal hundert Kilometer geschafft und noch tausend vor uns. »Schrei nicht so rum«, piepste Lea, während Tom zu weinen begann.

»Könnt ihr mal Ruhe geben?«, brummte Matteo neben mir, der gerade aus seinem Tiefschlaf wieder zu sich kam.

»Lilly, schau doch mal raus, ist das schon der Süden?«, sagte ich zu meiner Ältesten. »Ich hab Hunger, wann halten wir endlich an?«, kam es prompt von ihr zurück. »Ich hab auch Hunger, Hunger!« Tom knuddelte seinen Äffi und quengelte: »Durst.«

Oh, diese Brut, dachte ich leicht aufgebracht. Doch allein das Wissen, dass uns am Ende dieser langen Fahrt sowohl ein Traumstrand als auch unsere besten Freunde erwarten würden, vermochte, mich schnell wieder zu beruhigen. Matteo war erneut eingeschlafen. *Na ja, nach Arbeitstagen von vierzehn bis sechzehn Stunden ist das ja auch kein Wunder*, dachte ich und wandte mich wieder meiner Ältesten zu, um ihr zu antworten: »Noch eine halbe Stunde, dann schauen wir uns nach einem Rastplatz um.« Die Kultur des Picknicks habe ich gerne angenommen. Die Franzosen zelebrieren es genauso wie ihre Mahlzeiten bei Tisch. Gemütlich, in aller Ruhe und mit leckeren Köstlichkeiten. Während dem Autofahren träumte ich von den vielen schönen Abenden und Dîners, die ich in Frankreich schon miterleben durfte. Ganz automatisch fuhr ich weiter, bis ich einen tollen neuen Rastplatz entdeckte. Hektisch setzte ich den Blinker und bog ab. Hinter mir jubelten die Kinder. Sie hatten wohl wirklich Hunger. Vor einem Tisch mit Bänken parkte ich das Auto. Stöhnend öffneten die Kinder die Hintertüren, stiegen aus und streckten sich. Matteo kam langsam zu sich und trug Lilly auf eine Bank. Wir deckten gemeinsam den Tisch – mit allem, was die Frühstückskühlbox hergab. Zu bunten Servietten gesellten sich Teller und Becher. Die Kühltasche offenbarte fettarme Milch für fünf Personen, meine viel gereiste Thermoskanne mit Kaffee für die Eltern sowie die von allen geliebten Rosinenbrötchen. Die Äpfel ernteten nur verächtliche Blicke und ich packte sie später wieder ein. Zum Leidwesen der Kinder gab es auf diesen Fahrten ein striktes Schokoladenverbot. In der langsam beginnenden Hitze des Südens würde sie einfach zu schnell schmelzen. Klimaanlagen in Autos konnte man sich damals noch nicht leisten. Nun war endlich Ruhe eingekehrt und ich blickte in zufriedene Gesichter. Auch mein Mann kam langsam aus seiner *Schlipszeit* heraus, wie ich es immer nannte.

Später würde es noch eine Pause für ein Mittagessen geben. Auch dieses Mittagessen-Picknick hatte ich bereits mit an Bord. In Restaurants gehen konnte jeder. Bei Avignon überfiel die Mannschaft erneut der Hunger. Dieses Mal suchte ich einen schattigen Rastplatz aus. Es war schon ganz schön heiß. Unsere Wasservorräte waren noch gut gekühlt. Die mit gekochtem Schinken, Tomaten und Salat belegten Brötchen waren schnell in unseren Bäuchen verschwunden. *Autofahren macht hungrig*, dachte ich schmunzelnd. Für uns fingen die Ferien mit dem Picknick bereits auf der Autobahn an. Auf der *Autoroute du Soleil*.

Am Ziel angekommen, holte Matteo den Rollstuhl vom Autodach, damit Lilly ihr Zimmer beziehen konnte. Die Kinder schleppten Koffer, Taschen sowie Sandspielzeug durch die Gegend und kurz darauf kamen auch schon unsere besten Freunde an. *Beste Freunde*, so dachte ich damals noch.

Mit Virginia, unsere Freundin und ebenfalls Mutter von drei Kindern, machte ich in der winzigen Küche Ordnung. Drei Stunden brauchten wir, um zurückgelassene Lebensmittel und verfallene Konserven zu sichten und zu entsorgen. Die Väter waren indes mit den Kindern an den nahen Privatstrand verschwunden.

Irgendwann setzte ich mich mit einem Glas Rosé in den Garten und atmete den Duft von Rosmarin und Thymian ein. Manchmal wehte eine frische Brise vom Meer herauf. Ich war angekommen. Angekommen in meinem kleinen Paradies. Endlich. Dieses Paradies hatte ich im Alter von vierzehn Jahren das erste Mal betreten und seither ist es in meinem Herzen geblieben. Rückblickend verliefen die Tage immer gleich: Nach dem ausgiebigen Frühstück gingen wir Mütter mit den kleineren Kindern zum Strand, während die Väter mit der ältesten Tochter unserer Freunde unter den Oleanderbüschen im Garten Skat spielten.

Wenn der Hunger sich meldete, wurden Crêpes gebacken und anschließend weitergespielt. Welche Menge Rosé zum Spielen gebraucht wurde, habe ich dabei nie hinterfragt. Doch die Touren zur *Cave Coopérative* fanden ziemlich häufig statt. Bei uns in Deutschland sind das die Winzergenossenschaften. Beim Abendessen gab es natürlich auch die regionalen Weine. Wir tranken alle sehr gerne den *Rosé Côte de Provence* aus dem *Coopérative de Grimaud*. Den konnte man lose und direkt aus einem großen Fass in unsere fünf Liter fassende Glasflasche abfüllen lassen.

Die Männer fuhren in den gleichen seltsamen, eigenwilligen Badehosen zum Weineinkauf, wie sie auch am Strand erschienen, was mich sehr amüsierte. Die karierten Muster oder auch die schrecklich tristen Farben waren schon gewöhnungsbedürftig. Alles Geschmacksache.

Matteo scheuchte unsere Kinder von der komfortablen gemieteten Matte mit Sonnenschirm. Er zeigte damit, wer der Herr im Hause war. Irgendwie taten mir die Kinder leid, denn so wurden sie immer in ihrem Spiel unterbrochen.

Das Blau des Meeres und die wärmende Sonne, die ihre Strahlen in grellem Licht ins Wasser tauchte, boten uns immer wieder ein neues Schauspiel dar. Es ist das besondere Licht, was die Küste einzigartig macht. Es war einfach wunderschön.

Die Kinder bauten fantasievolle, prächtige Sandburgen, paddelten mit ihren Luftmatratzen fröhlich auf dem Wasser herum oder schnorchelten. Die Versuche, mit den französischen Kindern zu sprechen, scheiterten allerdings, während das Spielen miteinander dagegen bestens wortlos klappte. Durch wildes Gestikulieren konnten sie sich letztlich prima untereinander verständigen.

Wenn Ausflüge in die Umgebung anstanden, wurde es stets hektisch. Bis alle alles hatten und auch der Rollstuhl auf dem Autodach fixiert war, gab es viele Flüche. Proviant musste auch mit, denn unsere Freunde hatten immer die Angst, dass sie unterwegs verhungern würden. Sie waren ja nicht in Deutschland.

Einmal kamen wir an einem riesigen Rummelplatz vorbei und prompt wollten die Kinder dorthin. Als wir vorbeifuhren, sagte der kleine Tom: »Überall, wo wir hinfahren, is ke Kerwe«, und motzte. Mir wurde zunehmend bewusst, dass der pfälzische Singsang so langsam von ihm Besitz ergriff, denn bereits seit geraumer Zeit wohnten wir in der Pfalz. Selbst für mich stellte sich der eigenwillige Dialekt dieser Gegend als eine Herausforderung dar. Die Kinder selbst waren allerdings alle am Rhein geboren. Eines Tages wurde ein Landrat in Pfalz gesucht und so zogen wir um, als Tom gerade sechs Wochen alt gewesen ist. Lea war damals drei Jahre und Lilly sechs.

Der Ausflug zum *Abbaye du Thoronet* wurde zu einer regelrechten Tortur. Matteo, Virginia und ich freuten uns auf die Besichtigung, während Werner – der Mann von Virginia – und die Kinder keine Lust auf altes, langweiliges Gemäuer hatten, wie sie es nannten. Doch alt und langweilig war es nicht, sondern vielmehr ein beeindruckendes Zisterzienserkloster aus dem Jahre 1146, was im Hinterland des *Département Var* zwischen Carcès und Lorgues lag und noch immer liegt. Die Fahrt dorthin dauerte jedoch ein gutes Weilchen. Durch die engen Départementale-Straßen, durch Pinienwälder und Olivenhaine schlängelte sich unser wunderschöner Weg durch eine Natur, die schon oft von großen Künstlern gemalt und beschrieben worden ist.

Auf dem Parkplatz vor dem Kloster angekommen, stellten wir fest, dass dieser einen zum Boulespielen geeigneten Sandboden hatte.

Zum Glück war unser Boule-Spiel eingepackt worden. Somit waren sowohl die Kinder als auch Werner beschäftigt. Wir anderen bestaunten in aller Ruhe ein Kreuzrippengewölbe, eine architektonische und statische Meisterleistung. Wir schlenderten durch den Kreuzgang und erschnupperten den Duft des Gewürzgartens im Innenhof. Auch gibt es dort noch ein Brunnenhaus und Vorratskammern, in denen ursprünglich Wein und Olivenöl zubereitet wurde. Davon lebten die Mönche einst. Wir bestaunten noch Weinbottiche aus dem 18. Jahrhundert sowie eine Ölpresse. Dieser Ausflug samt Besichtigung hatte sich wirklich für uns drei Wissbegierige gelohnt.

2

Der Tag war noch jung und wir stimmten ab, ob wir über St. Tropez zu unserem Feriendomizil zurückfahren sollten, um auch die Schönheit dieser Stadt bestaunen zu können.

Immer wieder konnten wir auf das wunderbare Blau des Meeres blicken, das im besonderen Licht der Côte d'Azur ruhig vor uns lag. Nach jeder Kurve bot sich uns ein neuer Eindruck.

St. Tropez! Wem geht da nicht das Herz auf?, raste es durch meine Gedanken. *Die aneinandergedrängten, mehrstöckigen Häuser, die das Hafenbecken säumten? Gegenüber die Yachten der Reichen und Schönen und vielleicht einen Blick auf einen Prominenten erhaschen? Die teuren Geschäfte aufsuchen? Die besonderen lokalen Leckereien kosten?*

Die *Tarte Tropézienne*, bei uns heißt sie Bienenstich, ist ein absolutes Muss, wenn man St. Tropez besucht. Die Kinder freuten sich schon darauf und wir alle liebten sie.

Dieser wunderschöne Ort mit seiner einzigartigen Atmosphäre übte stets eine besondere Stimmung auf uns aus. Es ist ein Ort, der nicht durch Hochhäuser verschandelt wurde, und in dem die Menschen, die dort leben, authentisch geblieben sind. Am *Place des Lys* entdeckten wir ein Lokal, in dem wir einen Tisch für acht Personen fanden, der auch genügend Platz für einen Rollstuhl bot. Nachdem wir die Speisekarte studiert hatten, fackelten wir nicht lange. Wir standen auf und verließen das Restaurant wieder. Allesamt waren wir uns einig: Die Preise waren nicht bloß zu hoch, sie waren einfach nur horrend. Die Kinder maulten, denn sie hatten Hunger, aber mit dem Hinweis, sofort eine *Tarte Tropézienne* zu essen, kehrte schnell wieder Friede bei uns ein. Wir fanden einen anderen Platz zum Verweilen.

Bei unserer nächsten Reise gab es dieses Restaurant nicht mehr. *Kein Wunder!*, dachte ich.

3

Auf unseren Einkaufstouren nach Nizza machten wir so manche originelle Schnäppchen. Während ich innerhalb von fünf Minuten ein schickes knallrotes Seidenkostüm erstand, brauchte Virginia fast eine Stunde, um sich einen Bikini in einer gängigen Größe zu kaufen. Es gab bunt bedruckte Badelaken und flippige Flip-Flops. Die Herren zogen es vor, auf dem Bürgersteig vor der *Galerie Lafayette* zu warten. Die Kinder hatten sie auf eine Bank verfrachtet und mit einem Eis für Ruhe gesorgt.

Mein Lieblingsort in Nizza ist der Stadtteil *Cimiez* auf den Hügeln über der Stadt. Dort hat man einen herrlichen Ausblick auf die Bucht von Nizza und die *Promenade des Anglais* sowie das azurblaue Meer. Ein wahrlich traumhafter Ausblick erwartete uns auch vom Mausoleums-Friedhof aus. Hier fanden wir das Grab von Henri Matisse. Ganz in der Nähe lag auch das Grab von Raoul Dufy, der die Bucht von Nizza in seinen Gemälden verewigt hat. Ich war von seinen Werken derart fasziniert, dass wir einen Nachdruck davon erwarben. Die Bucht von Nizza schmückte seither unser Schlafzimmer und ich konnte sie jeden Morgen beim Aufwachen bestaunen.

Im *Jardin de Cimiez* ruhten wir uns aus und machten ein Picknick. Wir überlegten, ob wir ins *Musée Matisse* gehen sollten. Es gab großen Widerstand von den Kindern. Sie waren noch zu jung für Museen. Einige Jahre später, als Lea ihr Berufspraktikum, das im Rahmen ihres Touristikstudiums in Verbindung mit einem Auslandsaufenthalt erforderlich gewesen war, in Nizza absolvierte, holten wir das nach.

4

Wieder in unserem Feriendomizil angekommen, nahmen wir alle noch ein erfrischendes Bad. Das Abendessen zog sich bis lange in die Nacht hinein. Wir lachten über die Geschichten der Kinder und erzählten auch aus unserer eigenen Kindheit.

Ab und zu hatte ich zu dieser Zeit das Bedürfnis, alleine zu sein. Dann setzte ich mich ins Auto und fuhr auf die Höhe. Der Bergkamm war circa dreihundert Meter hoch und in Serpentinen zog sich die enge Straße bis zur *Route des Crêtes*. Ich kannte dort eine flache Felsformation, auf der man gut sitzen konnte. Der Blick von dort aufs Meer war atemberaubend schön. Der Duft von Rosmarin, Thymian und Lavendel erweckte meinen Geruchssinn zum Leben.

Ameisen wuselten an meinen Füßen und versuchten, an meinen Flip-Flops hochzuklettern, wahrscheinlich nahmen sie einen süßen Geruch wahr, der sie anlockte. Mir fiel auf, dass sie kleine Pflänzchen schleppten, die größer als ihre eigenen Körper waren. Ich schaute hinab aufs Meer und auf die Inseln. *Les Iles d'Or* – die Goldinseln. Ich träumte von der Vergangenheit. Meine französischen Freunde und ich müssen achtzehn Jahre alt gewesen sein, als wir einen Ausflug auf die Insel *Port-Cros* organisiert hatten. Wir waren damals eine Gruppe von fünfzehn Jugendlichen mit prall gefüllten Rucksäcken für ein Picknick. Mit einem Boot setzten wir über und suchten einen Strand, bei dem der Pinienbewuchs dicht ans Wasser reichte.

Es war zu jener Zeit sehr heiß gewesen und wir brauchten dringend ein schattiges Plätzchen. Wir stürzten uns ins Wasser, planschten und lärmten. Es war die pure Freude.

Vier von uns wurden abgeordnet, das Picknick vorzubereiten.

Ich stieg mit aus dem Wasser. Unsere Rucksäcke standen alle an einer Stelle. Wir packten alles Essbare aus und breiteten es auf einer Decke aus, um die wir später im Kreis herumsitzen konnten. Es war eine reich gedeckte *Tafel*. Jeder aß von allem und es wurde still.

»Von wem sind denn die Hähnchenschenkel, die schmecken köstlich?«, fragte einer der Jugendlichen. Achselzucken, keiner meldete sich. Die Antwort kam in Form eines kleinen

älteren Mannes, der wütend auf uns zustürmte. *Louis de Funès in Person*, dachte ich. Er gestikulierte genauso wie der Schauspieler und schrie noch viel schriller: »Diebe, Verbrecher, ich hole die Polizei.« Die Frau, die ihm folgte, bekräftigte seine Worte mit einem Kopfnicken. Ihre nassen Haare flogen um ihren Kopf.

»Da, mein Rucksack und schau mal, Sophie, da hängt dein Handtuch auf dem Baum.« Die Frau nickte wieder ziemlich ratlos und er schrie wütend weiter: »Ich zeige Sie alle an, Sie kommen ins Gefängnis. Wir haben unsere Rucksäcke extra zu Ihren gestellt, damit sie nicht geklaut werden. Und dann übernehmen Sie das schon. Sie alle klauen ganz offensichtlich, ohne auch nur etwas zu verbergen.«

»Schau, unsere Hähnchenschenkel – nur noch zwei Stück sind übrig«, entfuhr es der Frau. Unter uns Jungen war ein etwas älterer Freund, der Jura studierte und besonnen reagierte. Er ging auf den Mann zu, der immer noch in *Louis de Funès*-Manier wild umher gestikulierte und versuchte ihm die Situation zu erklären.

»Wir kennen unsere Rucksäcke gegenseitig gar nicht und wir haben einfach alle eingesammelt, die an der gleichen Stelle standen, somit auch Ihre. Meinen Sie, wir würden Ihre Handtücher auf den Baum hängen, wenn wir sie hätten stehlen wollen? Dann auch noch dort, wo sie jeder sehen kann?«

»Ich hole die Polizei!«, schrie der *Louis der Funès*-Verschnitt erneut.

Von unserem besonnenen Freund erhielten wir die Anweisung, alles, was an Essbarem noch übrig war, zu sammeln und den älteren Herrschaften zu übergeben. Zunächst war der Alte damit besänftigt, nur als er bemerkte, dass von seinen Hähnchenschenkeln inzwischen nur noch eines übrig war, bekam er einen erneuten Schreikrampf. Als seine Frau dann noch sagte, dass es nicht sehr klug gewesen sei, ihr Rucksäcke zu den unsrigen zu stellen, stampfte er mit dem Fuß auf, zeigte mit dem Finger auf uns und schrie erneut: »Diebe, Diebe!« Sie zog ihn fort. In ihrem Gesicht entdeckten wir ein leichtes Grinsen.

Ich musste schmunzeln, als ich mich an diese Begebenheit vor so vielen Jahren erinnerte. Diese Geschichte hätte ich nicht erlebt, wenn ich eine gute Schülerin gewesen wäre. Meine schlechten Noten in Französisch brachten meine Eltern damals auf die

Idee, mich zum Schüleraustausch in eine französische Familie zu schicken. Die Familie, die sie fanden, hatte ein Ferienhaus an der Côte d'Azur. Direkt an einem weißen Sandstrand. Ich war so jung und unerfahren, als ich das erste Mal als Schülerin der 6. Klasse dort meine Ferien verbrachte. Ich wusste noch nicht einmal, dass das Mittelmeer salzig ist. Ja, ich hatte in meiner Jugend alle tollen Ferien hier verbracht. Fischen, Wasserskifahren und Schnorcheln habe ich hier gelernt. Meine französischen Eltern organisierten immer eine Party in einem Restaurant für uns, auch damit wir Jugendlichen uns besser kennenlernen konnten. Das Dasein der Franzosen hat mir damals schon gefallen und äußerst imponiert. Diese Zeiten in meiner französischen Familie prägten mich für mein ganzes Leben.

Die Ruhe hier auf der Höhe tat mir gut. Inzwischen ging es schon auf den Mittag zu. Die Sonne stand hoch über mir. Das Zirpen der Zikaden wurde immer lauter.

Wie schön es hier ist, dachte ich, setzte mich ins Auto und fuhr wieder nach unten.

5

In diesen Urlauben sprachen Virginia und ich häufig über die Behinderung unserer Mädchen. Ihre Mittlere litt unter einer sehr starken Epilepsie. Unserer Lilly war das Laufen versagt.

Eine falsch gesetzte Spritze und es war passiert. Matteo und ich waren damals ziemlich verzweifelt gewesen, liebten wir unser Kind doch so sehr. Andere Mütter konnten irgendwann wieder einem Beruf nachgehen. Meine Aufgabe war es seitdem, mein erstes Kind lebenstüchtig zu erziehen, auch wenn es fortan auf den Rollstuhl angewiesen war. Es war eine Aufgabe, der ich mich stellte, ohne Wenn und Aber. Lilly fühlte sich am Meer wohl. Sie konnte schon früh sicher schwimmen und das Wasser war ihr Element, während die kranke Tochter unserer Freunde die Hitze nicht vertrug und in den späteren Jahren ihre Ferien woanders verbringen musste. Virginia und ich ermutigten uns oft gegenseitig, wenn es mit unseren Kindern medizinische Probleme gab. Wir konnten miteinander reden und telefonierten häufig. Es war eine gute Gemeinschaft, für mich wie eine Art Ersatzfamilie. Weder Matteo noch ich hatten Geschwister. Außer unseren Kindern und Freunden gab es niemanden, der uns nahe war. Das Ergebnis des Zweiten Weltkrieges. So waren Virginia, Werner und ihre Kinder so etwas wie meine erweiterte Familie geworden.

6

Ein paar Jahre später war es so weit. Wir hatten ein eigenes Häuschen gefunden. Ein Anwesen mit einem riesigen Garten und zusätzlich zwei Wohnungen, sodass für alle ausreichend Platz vorhanden war. Der Garten war wunderschön geschmückt mit zahlreichen exotischen Gewächsen, die schon vor vielen Jahren dort angepflanzt worden waren. Immer wenn wir ankamen, noch bevor die Koffer ausgeladen wurden, gingen wir in den Garten, staunten und suchten nach blühenden Pflanzen. Eine echte Kostbarkeit ist eine Palme gewesen, sie war mindestens vierzig Jahre alt und wunderschön gewachsen. Matteo erklärte sie zu seinem persönlichen Baum. Er war sehr stolz, dass unsere Familie jetzt eine eigene Palme besaß. Immer wieder betonte er, es sei sein Baum. Auch gab es noch weitere, vier Meter hohe Yucca-Palmen, die alle zwei Jahre im Wechsel blühten. Die kräftig aufstrebenden weißen Blüten waren immer wieder eine Freude fürs Auge.

Der Jacaranda-Baum mit seinen stechend blauen Blüten war wunderschön und oft kamen Touristen an unser Törchen und fragten, was das für ein toller Baum sei, mit solch auffallenden blauen Blütenständen. Zahlreiche Feigenkakteen, ein roter Pfefferbaum, unterschiedliche Arten von Lavendel, Rosmarin-Büsche sowie eine riesige Cycas gediehen in diesem mediterranen Klima bestens. Die Cycas ist eine sehr langsam wachsende Pflanze, eine Art Palmfarn. Sie wirkt mit ihren hartlaubigen, gefiederten, grünen Wedeln ziemlich exotisch. Wir lernten, wie wir bewässern mussten oder teilweise auch gar nicht, da einige Pflanzen so genügsam waren, dass sie in der vom Meer heraufsteigenden Nachtfeuchtigkeit hervorragend von selbst gediehen. Auch unsere Mimosen-Bäume zogen Aufmerksamkeit auf sich. Eine Art blühte das ganze Jahr über, wenn auch nicht so üppig. Der Höhepunkt unseres Gartens war jedoch ein voluminöser Strelitzien-Strauch – auch *Storchenschnabel* genannt – mit blauen, orangenen sowie weißen Blütenständen. Seine Blüte war im Winter und Frühjahr besonders farbenprächtig. Oft schnitt ich mir einen großen Strauß und nahm ihn mit nach Hause nach Deutschland. Wir erfreuten uns wochenlang an ihm, war es doch ein sehr dekorativer Schmuck, der vor allem in unseren Wintern ein Stück Sonne ins Haus brachte.

Der Garten war perfekt. Das Haus und die Wohnungen waren allerdings mehr als renovierungsbedürftig, sodass es mit den ruhigen Ferien erst einmal vorbei war. In den Folgejahren wurde gearbeitet und renoviert.

Die Terrasse vor dem Haus bot einen traumhaften Meerblick.

Wir verbrachten hier so manchen Abend mit leckerem Essen und dem Rosé aus der Coopérativen. Es wurde stets viel gelacht und die gegenseitige Gesellschaft genossen.

Mehrere Jahre besuchten uns unsere deutschen Freunde. Stets kam dabei das Gefühl von Familie auf.

Meine französischen Freunde schauten ab und zu vorbei oder wir besuchten sie.

Während es im Sommer stets nach Frankreich ging, trafen wir uns im Winter mit Virginia, Werner und ihren Kindern in Familienunterkünften in der Schweiz. Die Kinder gingen in den Skikurs. Für Lilly gab es die Gelegenheit zum Schwimmen. Oft äfften unsere Kinder das *Schwyzerdütsch* der Skilehrer nach, was jedes Mal für viel Gelächter sorgte – vor allem bei unseren ausgiebigen Mahlzeiten. Einmal sind wir dreizehn muntere Personen am Tisch gewesen. Doch auch dafür waren wir Mütter stets gut vorbereitet, die Nahrung für eine Woche wurde im Voraus penibel geplant. In den ersten Jahren waren wir in Samedan, später oberhalb von Andermatt. Dort gab es nur einen kleinen *Tante-Emma-Laden*, der seinerzeit ziemlich teuer war. Das Fleisch und Gemüse musste man vorab bestellen und es wurde im Anschluss aus dem Tal hochtransportiert. So hatten wir für den ganzen Aufenthalt das Essen vorgeplant und mitgebracht. Fleisch und Gemüse in Konserven und Wein in die Schweiz zu importieren, war überdies verboten. An der Grenze hatte ich jedes Mal Schweißausbrüche, doch es ist immer gut gegangen. Zweimal leisteten wir uns einen Raclette-Abend, der vom Hausmeister des Familiendorfes im Gemeinschaftshaus liebevoll ausgerichtet wurde. Auch dort gab es Spiele, Tischfußball und Billard – eine freudige Zeit inklusive.

Die Wohnungen waren einfach eingerichtet. Kein Fernseher, nur Bücher und Spiele. Damit hatten diese Aufenthalte immer eine ganz besondere Qualität.

Ein Telefon gab es auch nicht. Wir waren von allem abgeschnitten, auch von den Nachrichten aus der Welt – Handys hatten wir zu dieser Zeit noch nicht. Wir mussten zum Telefonieren zur Rezeption gehen. Für Neuigkeiten kauften wir Zeitungen. Es waren besondere Tage.

Diese Jahre mit unseren gemeinsamen Urlauben sind die erlebnisreichsten meines Lebens gewesen. Irgendwann sagte Werner einmal zu mir: »Wir werden immer Freunde bleiben.« Ich erinnere mich, dass ich mich darüber sehr gefreut habe und es damals auch glaubte.

7

Einige Jahre sind vergangen und Matteo war mittlerweile im Ruhestand. Tom wohnte noch bei uns, aber es
war abzusehen, dass auch er das Haus bald verlassen
würde. An Matteos fünfzigstem Geburtstag bemerkte
ich das erste Mal seine Vergesslichkeit.

Ich hegte die Hoffnung, dass er ruhiger werden
würde und seine Lücken im Gedächtnis sich wieder
besserten. Sie waren schon besorgniserregend. Doch
es kam noch etwas hinzu. Er fing an, alles, was ich
anpackte, zu kritisieren. Er hatte von mir verlangt, während einer langen Ehe selbstständig zu bleiben. Ich
musste ihm alles abnehmen und wenn ich jammerte,
dass mir das Haus zu bauen, den Haushalt zu organisieren, die Kinder zu erziehen, Lilly in vernünftige
Therapien zu bringen, Repräsentieren und was noch
von mir verlangt wurde, zu viel wurde, dann bekam
ich lediglich als lapidare Antwort: »Dann nimm dir jemand.« Doch es war wirklich nicht immer leicht gewesen, die richtige Hilfe zu bekommen. Oft war ich
sehr erschöpft. Wenigstens hatte ich eine Putzhilfe,
die auch abends auf die Kinder aufpasste, wenn ich
mit Matteo irgendwelchen Repräsentationspflichten
nachgehen musste. Das machte ich gerne, weil mich
die Begegnungen mit Menschen aus meinem Alltags-
stress herausholten.

Früher ging er seinem verantwortungsvollen Beruf
nach, der ihm Spaß machte und für den ich ihm wirklich mit all meiner Kraft den Rücken freihielt. Ich arbei-

tete in den vergangenen Jahren täglich viel mehr als während meiner eigenen Berufstätigkeit. Die Arbeit in der Personalabteilung eines Weltunternehmens der pharmazeutischen Industrie war interessant und anspruchsvoll gewesen, allerdings konnte ich nach acht Stunden nach Hause gehen. In der Familie mit drei Kleinkindern gab es keinen Acht-Stunden-Tag. Für Matteo ist das alles stets selbstverständlich gewesen. Manchmal sagte er: »Wir sind ein gutes Team.« Ich dachte in solchen Momenten immer: *Ja, weil ich bestens funktioniere.* Gelegentlich äußerte ich meine Bedenken und Sorgen auch laut, aber sie blieben unkommentiert. In dieser Zeit war ich viel mit meinem Kummer allein und auch meine Mutter machte sich Sorgen, dass ich irgendwann einmal zusammenbrechen oder ernsthaft krank würde.

Selbst wenn Matteo und ich in unserem Haus am Meer waren, der Ort unserer Entspannung, wurde es mir zunehmend verwehrt, Verschönerungen oder moderneres Ausstatten vorzunehmen. Ich durfte mich einfach nicht mehr entfalten. Auch mein Vorschlag, in der Wohnung, in der die Kinder und unsere Freunde immer wohnten, bessere, aber nicht unbedingt teurere Möbel anzuschaffen, fand keinen Zuspruch. Streit war die Folge, an allen Ecken und Enden. Er war stets der Meinung, alles sei noch gut genug. In unserem Haus hatten wir fast nur neue Möbel. In den beiden angrenzenden Wohnungen sah es dagegen schon schlechter aus. In den Zimmern befand sich lediglich ein Sammelsurium von alten Möbeln, die wir bei unseren vielen Umzügen nicht mehr gebrauchen konnten. Alles erschien mir emotionslos zusammengewürfelt und ergab zusammen nur ein hässliches Bild. Ich machte einen neuen Anlauf und erklärte, dass wir günstige Möbel kaufen konnten, doch auch diesen schmetterte Matteo mit den Worten, dass alles noch gut genug sei, rigoros ab. Für andere Renovierungsarbeiten holte er jedoch Angebote ein. So zum Beispiel für doppelt verglaste Fenster, damit wir auch im Winter dort leben konnten. Doch keines der ihm unterbreiteten Angebote fand seinen Zuspruch. Immer hatte er irgendetwas an diesen auszusetzen, sodass nichts weiter passierte und alles beim Alten blieb.

In den ganzen Jahren unserer Ehe hatte ich das Geld verwaltet. Ich habe es zusammengehalten, damit immer genügend auf unseren Konten war. Ich wusste daher sehr wohl, was wir uns leisten konnten und was nicht. Ratlosigkeit und Verzweiflung beschlichen mich. Ich konnte einfach nicht verstehen, warum mein Mann so vehement gegen nötige Neuerungen war. Er hatte sich sehr verändert. Und das nicht unbedingt zum Besseren.

Zurück in Deutschland wusste Matteo schließlich gar nichts mehr mit sich anzufangen. Seine Antriebslosigkeit wurde nur unterbrochen, wenn die Zeitung morgens zugestellt wurde. Obwohl er sehr schlechte Augen hatte und nicht mehr gut lesen konnte, quälte er sich vormittags durch die Frankfurter Allgemeine Zeitung. Dabei lehnte er alle Hilfsmittel konsequent ab. Am Computer zu lesen und dort die Artikel vergrößern zu können, empfand er als lächerlich. Er wollte im Sessel sitzen und nach alten Mustern lesen. Mit dieser Einstellung quälte er sich weiter. Tag für Tag. An den Nachmittagen erwartete er von mir, dass ich Programm für uns machen sollte. Dazu jedoch hatte ich nicht immer Lust. Immerhin kochte ich jeden Tag frische Gerichte und wenn ich die Küche aufgeräumt hatte, war ich einfach nur noch müde. Außer der Pflege eines riesigen Hauses mit Garten forderte ich jetzt auch mehr Zeit für mich. Zunehmend kam ich mir vor wie eine Hilfskraft und nicht wie eine Ehefrau, mit der man respektvoll umgehen sollte. Ich wollte einfach auch Zeit für mich haben und das forderte ich ein. Irgendwann sagte jemand zu mir: »Vielleicht würde ein Ortswechsel deinem Mann guttun, ihr müsst dorthin, wo ihr eure Freunde habt, wo er Kollegen aus der Vergangenheit hat. Vielleicht braucht er das.«

In meinem Kopf setzte sich auch die Idee fest, dass es netter wäre, wieder in der Nähe von Virginia und ihrer Familie zu wohnen. Irgendwie gehörten sie doch zu uns und wir vermissten sie sehr.

Als ich mit Matteo darüber sprach, rannte ich offene Türen ein. Er wollte auch zurück in unsere *Anfangszeit*.

Nun galt es, unser riesiges Zuhause in Deutschland zu verkaufen und eine kleinere Immobilie in der alten Heimat zu finden. Mit viel Geduld schafften wir den Weg zurück. Ich war so erleichtert, dass ich dachte, unsere Probleme seien nun gelöst. Die Wohnung, die wir kauften, war allerdings genauso groß wie unser vorheriges Haus. Die Arbeit war für mich somit nicht weniger geworden. Die positive Veränderung, die ich mir so schmerzlich mit dem Ortswechsel erhofft hatte, fand nicht statt. Matteo ergriff selbst keine Initiative, seine Freunde oder Kollegen anzurufen. Er hatte immer verkündet, wenn er im Ruhestand sei, dann promoviere er über die Deutsch-Französische Freundschaft und die Grenzgänger im Elsass. Er war nun sechzig Jahre alt und hatte alle Zeit der Welt. Aber auch das scheiterte ebenso wie der Versuch, wieder im Leben anzukommen. Auch hatte er einmal vor, sich um die Verbesserung von Organspenden in Deutschland zu bemühen. Davon war nun allerdings gar keine Rede mehr. Zudem wurde sein Augenlicht von Tag zu Tag schlechter. Seine Passivität nahm ein erschreckendes Maß an. Nichts vermochte mehr, ihn aus seiner Lethargie zu holen.

So kam es dann auch, dass sich unsere Freunde, Virginia und Werner, mit der Zeit rarmachten. Wenn ich mit Virginia etwas unternehmen wollte, dann hatte sie keine Zeit. Ab und zu wurden wir eingeladen, aber immer nur zusammen. Mit Virginia mal allein in ein Café oder ins Kino gehen, das fand nie statt. Eine Entwicklung, die mich sehr verwunderte. Einmal versuchte ich mit Matteo darüber zu reden. »Ja, wenn sie zu uns nach Frankreich kommen, dann haben sie einen kostenlosen Urlaub, wer hat das schon in einer solchen Gegend? Hier haben sie andere Freunde und brauchen uns nicht.« Das leuchtete mir ein. Wahrscheinlich hatte ich diese Freundschaft all die Jahre über vollkommen falsch eingeschätzt. Diese Erkenntnis schmerzte nun sehr.

8

Der Winter kam mit seinen dunklen Abenden. Matteo meinte, er habe tiefe Winterdepressionen. »Dann musst du das mit einem Arzt besprechen und dir etwas verschreiben lassen«, empfahl ich ihm, als es immer schlimmer wurde. »Ich nehme keine Tabletten«, war die lapidare Antwort.

Wie konnte ich ihm nur helfen? Ich war ziemlich ratlos.

Weihnachten hielt Einzug und wie immer musste ich alles alleine organisieren. Keiner kam mir zu Hilfe, dennoch hatten alle ihre Meinung, wie und wo ich was auszurichten hatte. Das Aufstellen des Weihnachtsbaumes geschah unter großem Gestöhne und vielen Flüchen. Eine wirklich anstrengende und erdrückende Zeit für mich. Auch die Feiertage verliefen eintönig und dunkel wie immer. Am Heiligen Abend gab es Fondue, am ersten Feiertag ein deftiges Frühstück und abends einen Sauerbraten – was mir viel Vorbereitung und Arbeit abverlangte und mich an den ersten beiden Festtagen nicht zur Ruhe kommen ließ. Am zweiten Feiertag suchte sich jeder die Reste der Vortage zusammen, was mir etwas Erholung erlaubte, die mir nach dem ganzen Festtagstrubel endlich zustand.

Am Morgen nach dem zweiten Feiertag sagte Matteo mir plötzlich, er wolle zum ADAC fahren, um Landkarten zu holen. Ziemlich verwundert fragte ich: »Landkarten, wir verreisen doch gar nicht? Soll ich mitfahren?« Ich war mehr als irritiert über seinen Wunsch, in die Stadt zu fahren, wo ihm der dichte Verkehr dort doch zunehmend zu schaffen machte. »Wenn du unbedingt willst, dann komm mit«, entgegnete er mir in einem recht seltsamen Ton, doch ich dachte mir nichts weiter dabei und wir machten uns zusammen auf den Weg. Kurz vor der Ankunft fragte ich: »Wo parken wir denn jetzt?«

»Bei unserer Bank«, kam es als knappe Antwort.

»Wieso bei unserer Bank, ich dachte, du willst zum ADAC?«, erkundigte ich mich verwirrt. Es ging um die Geldanlage aus dem Hausverkauf meines Elternhauses. Das haben wir einmal im Jahr gemeinsam gemacht. »Ich habe einen Termin bei unserem Sachbearbeiter.«

»Wieso weiß ich davon nichts? Immerhin geht es um die weitere Anlage meines Erbes. Warum sagst du mir das nicht?«, antwortete ich kleinlaut. Das hat es noch nie gegeben, wir haben die Geldanlagen immer gemeinsam gemacht.

»Das machen wir doch immer Anfang Januar und nicht direkt nach Weihnachten?«, murrte ich weiter.

Plötzlich brüllte er mich von der Seite an: »Willst du dich scheiden lassen, oder warum zeterst du hier so rum?«

Nun ist er von allen guten Geistern verlassen, dachte ich erschrocken und konnte mit seinem grundlos jähzornigen Ausbruch nicht umgehen. Der Schock saß so tief, dass ich nicht zu einer Antwort in der Lage gewesen war. Ich konzentrierte mich auf den Verkehr.

In der Bank meldete man uns an und der Sachbearbeiter, Herr Ries, kam und führte uns in sein Büro. Die Männer fingen ein allgemeines Geplänkel über Politik an und nach geraumer Zeit wurde dann endlich über unsere Geldanlage gesprochen. Mich schienen die beiden dabei nicht mehr wahrzunehmen. Ich beobachtete die Szenerie, die sich mir hier bot, und ärgerte mich maßlos darüber. Als es konkreter wurde, schritt ich jedoch ein. »Darf ich darauf hinweisen, dass es sich hier um mein Erbe handelt? Ich habe noch einen anderen Vorschlag.« Herr Ries lief rot an und Matteo scharrte mit den Füßen. Das machte er immer, wenn ihm etwas unangenehm war. Immerhin bemerkten die Herren dann, dass sie mich ausgeblendet hatten. Ich empfand es als extrem seltsam und ärgerte mich maßlos über ihr achtloses Verhalten. Schließlich machte ich meinen Vorschlag und es blieb Matteo nichts anderes übrig, als zu unterschreiben. Es war auch vernünftig und passend. Das Konto, auf dem das Erbe eingegangen war, lautete auf *Eheleute,* so wie wir es in den vergangenen Jahren immer gehalten haben. Alles gemeinsam. Es war nie ein Problem gewesen. Wir bedienten uns an unserem normalen Konto und sind verantwortungsvoll mit unserem Geld umgegangen. Die Geldanlagen wurden nie angerührt. Bis zu diesem Tag. Es kam mir sehr merkwürdig vor. *Was hatte Matteo vor?* Diese Frage quälte mich mit jedem Tag, der in Folge verging, mehr. *Mir vorzugaukeln, zum ADAC zu fahren, und in Wirklichkeit über mein Geld alleine zu entscheiden? Warum machte er das?* Ich konnte seine Absichten nicht erkennen. Ich konnte es beim besten Willen nicht verstehen, und um mich selbst zu schützen, übte ich mich im Vergessen des Erlebten. Im Verdrängen war ich schon immer groß gewesen. Mich so zu verhalten, war nicht sehr klug. Es wäre besser gewesen, ich hätte ihn damals direkt gefragt, warum er plötzlich das Bedürfnis hatte, alleine über die finanziellen Dinge zu entscheiden.

9

In der Folgezeit bemühte ich mich dennoch weiterhin um ein harmonisches Familienleben, ich wollte uns einfach nicht aufgeben. Ich überlegte mir vielerlei Dinge, um unsere Familie zusammenzuhalten. In Gedanken hörte ich Matteo immer wieder fragen: *»Willst du dich scheiden lassen?«* Aber dann war der starke Wille in mir, alles ungeschehen zu machen. Wir waren immerhin fast vierzig Jahre verheiratet. Auch um der Kinder willen durfte diese Ehe nicht zerbrechen. Mit meiner Anregung, dass Matteo und Tom zusammen eine *Männertour* unternehmen sollten, um ihre Vater-Sohn-Beziehung etwas besser auszubauen, scheiterte ich jedoch.

»Nein«, sagte Matteo eher gelangweilt, »dazu ist es zu spät.« Ungläubig schaute ich ihn an. »Eine intensivere Beziehung, ein Band zu seinem eigenen Kind aufzubauen, dazu ist es nie zu spät.« Er entgegnete nichts mehr. Ich konnte es nicht fassen, er hatte doch nichts zu tun, er hing doch immer nur in den Sesseln? Tom war inzwischen neunzehn Jahre alt, er hatte gerade seinen Führerschein gemacht.

Als ich ihn fragte, ob er mit seinem Vater mal eine Männertour machen wollte und dabei unser großes Auto fahren könnte, um seinen Vater, der inzwischen im Ruhestand war, besser kennenzulernen, gab er mir zur Antwort: »Der Papa kommt noch nicht einmal auf die Idee, mit mir ein Bier trinken zu gehen«, und verschwand. Diese Antwort machte mich sehr traurig.

Matteo ist doch sein Vater. Über Jahre hinweg hat er sich erfolgreich bemüht, der Familie eine gute finanzielle Basis zu schaffen. Dadurch war er wenig zu Hause. Die Kinder kamen zu kurz. Sie kannten ihren Vater nur mit Aktenkoffer und Dienstwagen. Nun, wo er die Zeit hatte, wollte er nicht mehr. Ich verstand ihn einfach nicht. Die Mädchen waren ausgezogen und es lag in der Luft, dass Tom auch bald gehen würde.

Im Laufe des Jahres kam es dann zu weiteren familiären Eskalationen. Tom zog aus, ohne dem Vater etwas zu sagen. Ich wusste es. Allerdings empfand ich es nicht mehr als meine Pflicht, zwischen Vater und Sohn zu vermitteln. Als wir über ein verlängertes Wochenende verreist waren, rief Tom seinen Vater an und sagte ihm, dass er ausgezogen sei. Matteos ganzer Zorn entlud sich über mir und auf die Frage, warum man ihm nichts erzählt habe, stellte ich die Gegenfrage: »Warum bist du nicht mal mit ihm weggefahren, vielleicht hätte er es dir dann gesagt?« Eine ehrliche Antwort blieb aus – wie so oft.

Mittlerweile hatte ich mich in unserer neuen alten Heimat *einer Kreativen Schreibwerkstatt* angeschlossen. Wir trafen uns einmal pro Woche und schrieben Kurzgeschichten. Es machte mir große Freude, zumal die Gruppe recht nett war. Matteo machte sich allerdings darüber lustig. »Gehst du wieder in dein Schreibstübchen?«, fragte er hämisch, wann immer ich mich in meine Zuflucht verabschiedete. Ich ließ mir das nicht nehmen. Nun hatte ich endlich Zeit, Dinge zu tun, die mir Spaß machten und die mir wichtig waren. Doch das schien ihm nicht zu passen. Auch als ich einen

Anfängerkurs zum Rudern belegte, flippte er aus. Das wäre auf der Donau, in unserer neuen alten Heimat, viel zu gefährlich und ich solle das lassen, waren seine mahnenden Worte. Nichts ließ ich, ich ruderte. Ich brauchte es für mich, auch wenn es den Unmut und die Zwistigkeiten in unserer Beziehung weiter förderte. Aber ich musste mich frei entfalten dürfen, wenn ich nicht verkümmern wollte.

»Dann mach doch auch was oder geh mit zum Rudern«, sagte ich zu ihm, aber diesen Vorschlag wies er kalt von sich. Er sei nicht lebensmüde. Als gemeinsame Aktivität blieb uns infolge nicht viel. Manchmal unternahmen wir Radtouren, aber er fuhr mir immer davon, sodass ich meistens dann doch alleine durch die Gegend radelte. Irgendwo wartete er dann auf mich, aber nur, um dumme Bemerkungen machen zu können und um mich aufzuziehen. Spaß und gemeinsame Freude konnte man das wirklich nicht mehr nennen. Meine Versuche, über gemeinsame Aktivitäten zu sprechen, und alle damit verbundenen Vorschläge blieben ungehört. Er war der Meinung, dass ich nichts alleine unternehmen sollte, für gemeinsame Ausflüge jedoch hatte er selbst keine Idee oder Lust mehr. Als ich ihm einmal vorschlug, er solle doch in einen der Kochkurse für Männer gehen, die Virginia an der Volkshochschule gab, bekam ich lediglich zur Antwort: »Mit solchen Modernismen gebe ich mich nicht ab.«

Wie arrogant ist das denn, schoss es mir durch den Kopf. »Es wäre schön, wenn du mich beim Kochen mal unterstützen könntest«, versuchte ich es noch mal. »Nix da, so was mache ich nicht. Niemals.« Resigniert ließ ich den Kopf sinken und ging weiter meiner Dinge nach.

»Was haben wir denn noch für Gemeinsamkeiten, außer dass wir zusammenwohnen?«, fragte ich ihn eines Tages.

»Dann zieh doch aus, wenn es dir mit mir nicht mehr passt«, war die knappe, aber entrüstende Antwort. Ich schaute ihn an und traute meinen Ohren nicht. *Was war das denn,* raste es durch meine Gedanken. Antworten konnte ich jedoch nichts. *Das ist doch nicht mehr normal, was geht nur in ihm vor?* Verunsichert blieb ich zurück. Er ging in ein anderes Zimmer und schaltete den Fernseher an, um sich so meiner Präsenz und unserer Beziehung entziehen zu können. Irgendwie hatte ich das Gefühl, dass er sich gar nicht mehr darüber bewusst gewesen war, was er da zu mir gesagt hatte. Und was das für unsere Ehe bedeutete.

10

Der Sommer kam und wie in jedem Jahr fuhren wir in unser Haus nach Südfrankreich. Doch dieses Mal war es anders als sonst. Ich musste feststellen, dass meine Kakteensetzlinge ausgerissen und die feinen Triebe meiner gesäten Blumen verschwunden waren.

Matteo schnitt Büsche, die man nur im Winter kürzen durfte und nicht in der Hitze des Sommers. Auf Nachfrage bekam ich pampig zur Antwort, dass ich keine Ahnung habe und er schon wüsste, was zu tun sei. Ich wurde immer stiller und ratloser, zog mich innerlich weiter von ihm zurück. Matteos bester Freund, unser Trauzeuge zu jener Zeit, und dessen Frau besuchten uns und stellten dabei fest, dass in unserer Ehe irgendetwas nicht stimmte. Ich sprach mit ihnen über das passive Verhalten meines Mannes und über dessen permanente Kritik an mir. Aber auch sie wussten keinen Rat. Sie hielten sich raus.

»Was machst du denn schon, außer ein bisschen zu kochen?«, fragte Matteo in die Runde hinein.

Wie bitte? Mir verschlug es die Sprache. Das grenzte nun schon an Unverschämtheit. *Ich brauche dringend mehr Ruhe vor ihm,* schoss es mir durch den Kopf. *Was ist mit ihm los? Das ist nicht mehr der Mann, den ich geheiratet habe, nicht der Mann, der mir immer zur Seite gestanden hat, wenn es schwierig wurde.* Auch als damals deutlich wurde, dass Lilly durch einen ärztlichen Kunstfehler in ihre schwierige körperliche Situation gekommen war, hatte er alles unternommen, dass sie rechtlich abgesichert war und ihr eine lebenslange monatliche Rente und ein Schmerzensgeld zugesprochen wurden. Ob er ihre Behinderung je akzeptiert hat, ich weiß es nicht. Er entfernte sich mit der Zeit immer mehr von den Kindern. Nicht nur von mir. Damit musste ich zurechtkommen.

Juristisch hatte er alles geklärt. Sie in finanzieller Hinsicht bestens versorgt, doch wie sah es auf menschlicher Ebene aus? Auch in der schweren Zeit, als bei Tom im Alter von elf Jahren ein Gehirntumor festgestellt wurde, fand ich nicht wirklich Unterstützung von ihm. Ich hatte Matteo damals auch noch trösten und aufrichten müssen, als hätte mich dieses Schicksal nicht ebenso hart getroffen. Doch mich tröstete niemand. Nun wurde mir alles zu viel. Ich sagte ihm, dass ich im Obergeschoss schlafen würde, um seinen verbalen Attacken wenigstens stundenweise aus dem Weg zu gehen. »Nun fängst du auch noch das Spinnen an«, war seine bittere Antwort auf meinen emotionalen Einbruch.

In dieser Zeit sprach ich ein paarmal mit Virginia über meine Probleme mit Matteo. »Die habe ich auch mit meinem Mann«, antwortete sie, »doch ich habe sie auf meine Art und Weise gelöst, aber es ist schwierig.« Ich hinterfragte nicht, wie sie ihre Beziehungsprobleme gelöst hatte. Doch ich würde diese Naivität meinerseits noch bitter bereuen. Es wäre besser gewesen, ich hätte sie konkret darauf angesprochen.

11

Die Monate vergingen und in mir verstärkte sich mehr und mehr das Gefühl starker Traurigkeit. *Warum weinte ich immer, wenn ich mich unbeobachtet fühlte?*
Diese herzlose Atmosphäre war nicht mehr auszuhalten. Mit niemandem konnte ich darüber reden. Nein, ich wollte ja auch gar nicht reden, weil ich selbst nicht verstand, was mit mir und in unserer Ehe passierte. Als eines Tages das Telefon klingelte und ich spontan über meine inneren Probleme zu sprechen anfing, fragte mich die Freundin am anderen Ende der Leitung: »Hast du geweint und wenn ja, warum?« Ich konnte nicht alles zugeben, da ich mir diese Gefühlsregungen zum damaligen Zeitpunkt selbst nicht erklären konnte. Matteo bemerkte es nicht.
Ich beschloss, von nun an in Leas früherem Zimmer zu schlafen, um zur Ruhe zu kommen. Meine Blutdruckwerte, gegen deren Hochdruck ich Tabletten einnehmen musste, stiegen in eine unerwünschte Höhe. Der Weg zum Internisten wurde notwendig, wenn ich neben den seelischen Schmerzen nicht auch noch körperlich zusammenbrechen wollte. Ich erzählte meinem Arzt von dem enormen psychischen Druck, den ich in meinem Zuhause empfand. »Befreien Sie sich davon«, war der einfache Rat des Arztes. Doch wenn es nur so einfach gewesen wäre. »Würden Sie meinen Mann, wenn er zu Ihnen kommt, bitte auf seine geistigen Fähigkeiten untersuchen? Er ist in letzter Zeit derart vergesslich. In Menschenmengen und in der

Öffentlichkeit gerät er in Panik und beschimpft mich sehr oft, obwohl es eigentlich gar keinen Grund dazu gibt. Ich sehe das als eine Art Wesensveränderung an, die doch nicht von alleine kommen kann. Da muss es einen Grund geben.«

Fragend schaute mich der Arzt an. »Das kann ich mir gar nicht vorstellen, aber ich schaue ihn mir an, wenn er das nächste Mal kommt und es auch will.« *Mit ihm komme ich auch nicht aus der Misere raus,* dachte ich. Dennoch schaffte ich es, Matteo zu meinem Arzt zu bringen, damit er sich einmal gründlich untersuchen ließ. Die bittere Antwort folgte prompt: »Mit Ihrem Mann ist alles in Ordnung.« Innerlich fiel ich zusammen und mir blieb nichts anderes übrig, als Matteos Attacken als gegeben hinzunehmen.

Mit der Zeit ging es mir immer schlechter. Als ich am Anfang eines Monats zur Bank ging, um das Konto und den Geldbestand zu überprüfen, musste ich feststellen, dass der Betrag für den kommenden Monat bereits abgehoben worden war. Mein Herz wurde bei dieser Erkenntnis von einem schmerzlichen Stich erfasst. Mir fehlten die Mittel, um Lebensmittel oder andere benötigte Dinge einzukaufen. Von da an gab es nur noch Essen aus meinem in der Vergangenheit errichteten Vorrat. Irgendwann hielt ich es nicht mehr aus, fasste den Mut und sagte zu Matteo: »Ich bin nicht gewohnt, von einem überzogenen Konto Einkäufe zu bezahlen, wir essen jetzt erst einmal alle Vorräte auf.« Verdutzt schaute er mich an. So viel Widerstand war er von mir nicht gewohnt.

»Wenn du wieder in unser gemeinsames Schlafzimmer kommst, dann bekommst du auch wieder Geld zum Einkaufen«, antwortete er ganz gelassen. *Das wäre Prostitution in der eigenen Ehe, nicht mit mir*, schoss es mir durch den Kopf. Mein Herz klopfte schnell, mir wurde schwindelig, ich musste mir Halt suchen. Er schaute mich an, wartete auf eine Reaktion meinerseits. Doch ich flüchtete mich in mein Zimmer, um haltlos weinen zu können.

Er kam zu mir und meinte: »Weißt du, andere Mütter haben auch schöne Töchter.« Ich hielt mir die Ohren zu, das war so wirr, was er da von sich gab, ich ertrug es nicht, seine beleidigenden Worte zu hören. Das sind keine Reaktionen mehr, die ein Mensch von sich gibt, der noch klar denken kann. Oder der einen liebt. Bittere Verzweiflung und Mutlosigkeit ergriffen mich in diesem Moment und schnürten mir die Kehle zu.

In der Zeit danach bemerkte ich, wie er meine Telefonate heimlich belauschte. Ich hatte nichts zu verheimlichen, deshalb war es mir zunächst gleichgültig. Einmal schlich er in unserer großen Wohnung hinter mir her. Als ich mich umdrehte, sprang er zur Seite und versuchte, sich zu verstecken. *Der ist doch nicht mehr normal*, dachte ich. So etwas machen Kinder, aber doch keine gestandenen Männer. Ich wusste einfach nicht mehr, wie ich mit ihm umzugehen hatte. Mich gänzlich von ihm zurückziehen, konnte ich allerdings auch nicht. Unsere Vorräte waren schnell aufgebraucht und ich benötigte neues Geld zum Einkaufen. Zunächst bat ich ihn um ein eigenes Taschengeld auf ein separates Konto. Ich war es leid, dass ich immer angemeckert wurde, dass der Friseur so teuer sei oder dies und das zu viel kosteten. Aber seiner Bedingung, zurück ins Ehebett zu kehren, konnte ich einfach nicht zustimmen. Schließlich machte er doch sein Portemonnaie auf und gab mir etwas Geld zum Einkaufen. Weil auch er Hunger hatte. Das hat es in sechsunddreißig Jahren Ehe nie gegeben, es war einfach nur noch schrecklich demütigend, mich wegen Lebensmitteln zu Kreuze kriechen zu lassen. Das ging zu weit. Er behandelte mich wie eine Hausangestellte, nicht wie seine Frau.

Erneut suchte ich Rat bei unseren Freunden. Auf einem Winterspaziergang mit Virginia, Werner und noch ein paar anderen Leuten erzählte ich Virginia, dass ich Taschengeld verlangt habe und nannte ihr auch die Höhe. »Du bist verrückt«, entgegnete sie entrüstet. »Das ist viel zu wenig, bei der Höhe seiner Pension hätte ich das Vierfache verlangt.« *Donnerwetter, ist die fordernd*, dachte ich. *So kenne ich* sie *gar nicht, und woher weiß sie, wie hoch Matteos Pension ist?* Fragen über Fragen beschäftigten mich, doch ich bildete mir nichts weiter auf diese Gedanken ein. Mir war die Lust auf einen gemeinsamen Spaziergang vergangen. Daher trottete ich alleine hinter der Gruppe her, hing dabei meinen traurigen Gedanken nach. Ich fühlte mich sehr, sehr einsam. Es ging mir schlecht. Plötzlich rutschte ich aus, fiel hin. Wahnsinnige Schmerzen im Handgelenk plagten mich. Jemand kramte ein Handy hervor, um Hilfe zu holen, doch es gab kein Netz. Ich lag da und mir wurde übel vor Schmerzen. Werner gab mir ein Plätzchen und ein paar Schlucke Glühwein, den er in einer Thermoskanne dabeihatte, zur Beruhigung, dann konnte ich aufstehen. Niemand würde mir helfen können und ein Taxi konnten wir ohne Netz schon gar nicht rufen. So musste ich noch über eine Stunde durch dichtes Schneetreiben bis in den nächsten Ort laufen. Die Schmerzen waren unerträglich. Matteo lief teilnahmslos neben mir her. In einem Gasthaus war für uns ein Tisch bestellt. Der Wirt fuhr mich mit Matteo ins nächste Krankenhaus.

Ich hatte mir das Handgelenk gebrochen und eine Operation war unumgänglich. Ein Pfleger bereitete mich vor. Da ich eine Vollnarkose brauchte, musste ich mich ausziehen. Ich musste den Oberkörper frei machen. Ich war hilflos, konnte mich nicht selbst entkleiden. Der Pfleger zog mich aus, nicht mein Mann. Matteo stand teilnahmslos da und schaute zu. *Warum zieht er mich nicht aus, warum muss mir der Pfleger helfen*, waren meine letzten Gedanken vor der Operation. Als ich später aus der Narkose erwachte, war ich alleine. Ich klingelte nach einer Schwester. »Ihr Mann ist bereits nach Hause gefahren, um ein paar Sachen für Sie zu holen, der Arzt kommt gleich«, informierte sie mich. Erschrocken schaute ich meinen Arm an. Nein, einen Gips hatte ich nicht, aber einen *Fixateur extern*. Brutal aussehende Metallgestänge außerhalb des Armes, die durch zwei große Schrauben mit dem inneren Handgelenk verbunden waren. Es sah alles entsprechend gruselig aus. *Auch das noch*, arbeiteten meine Gedanken. Endlich kam Matteo wieder. Er hatte so einiges zusammengerafft, dabei aber die Pantoffeln vergessen, die ich dringend zum Laufen brauchte, um einer Embolie vorzubeugen. Er versprach mir, sie am nächsten Tag gleich zu bringen. Doch am nächsten Tag besuchte mich kein Matteo, somit auch keine Pantoffeln. Da ich keine Embolie-Spritzen haben wollte, lieh ich mir die Schuhe meiner Bettnachbarin aus und lief damit durchs Zimmer. Es war schon bezeichnend, dass er mich tagsüber nicht besuchte. Wahrscheinlich hatte er nicht verstanden, warum ich sie so dringend benötigte. Am Abend kam er dann mit Tom zusammen und beide saßen hilflos an meinem Bett. Bis dahin war ich noch nie in einem Krankenhaus gewesen, die Geburten der Kinder ausgenommen. Virginia besuchte mich auch in den folgenden Tagen nicht. Das machte mich sehr nachdenklich.

Sie ist doch meine Freundin, warum schaut sie nicht nach mir? Dies fragte ich mich mehr als einmal. *Oder ist sie nur meine Freundin, aber ich nicht ihre?*

12

Nach ein paar Tagen holte Matteo mich ab und brachte mich nach Hause. Die Freude, wieder heimkehren zu können, wurde von einer erdrückenden Erkenntnis abgelöst. Es war kalt zwischen uns geworden. Matteo hatte mir kaum mehr etwas zu sagen. Ich flüchtete mich zunehmend in Trauer und Stille. Trauer über das Alleinsein, Trauer über den veränderten Matteo – und vergoss dabei unzählige ungesehene Tränen.

Die Monate vergingen und es wurde wieder Frühling, doch meine Tränen wurden nicht weniger. Eines Morgens erreichte mich ein Brief unserer Hausbank, der mich darüber in Kenntnis setze, dass alle Anlagekonten der Privatkunden in eine Auslandsfiliale verlegt würden. Den Kunden wurde die Möglichkeit eingeräumt, zu einer anderen Bank zu gehen. Wir mussten beide unterschreiben. Matteo legte die Formulare zur Seite. Wir hatten noch Zeit, um eine Entscheidung zu treffen. Es ging um die Geldanlage, die durch den Verkauf meines Elternhauses zustande gekommen war und über die er am Anfang des Jahres hatte alleine verfügen wollen.

Matteo behauptete ständig, alle Güter, die ich erben würde, gehörten zur Gütergemeinschaft. Zu Beginn unserer Ehe hatte er mir erklärt, dass alles, was von meinen Eltern kommt, weiterhin in meinem alleinigen Besitz bliebe, auch wenn wir Gütergemeinschaft vereinbart hatten. Dies musste ich klären und ging zu einem Anwalt für Erbrecht. Ich erhielt jetzt monatlich ein Taschengeld, von dem ich den Anwalt zahlen konnte. »Rechtlich bleibt alles bei Ihnen«, erklärte dieser mir. »Ihr Mann hat keinen Anspruch auf Geld oder Güter aus Ihrem Erbe.« Nun hatte ich Klarheit, dass all das, was ich geerbt hatte, mir alleine gehörte und konnte argumentieren, wenn er mir wieder etwas wegnehmen wollte. Wütend kam Matteo mit Kopien meiner Auszüge des Taschengeldkontos auf mich zu. Die Anwaltskosten hatte ich aus meinem Budget bezahlt.

»Was machst du bei einem Anwalt? Du hast kein Recht dazu!« Jetzt wurde ich wütend. »Wir leben in einem freien Land, niemand kann mir verwehren, mir korrekte Auskünfte bei einem Anwalt einzuholen, wenn du mir bewusst falsche Dinge erzählst. Warum schnüffelst du in meinen Auszügen herum? Ich habe nichts vor dir zu verbergen, aber das ist zu viel.« Er schnaubte, zog den Kopf ein und ging davon. Von dem Tag an versteckte ich meine Auszüge, obwohl ich nichts, aber auch wirklich gar nichts vor ihm zu verbergen hatte.

Ein paar Tage später, ich ging gerade an Matteos Arbeitszimmer vorbei, hörte ich seine aufgebrachte Stimme. Die Tür, die immer offen stand, war angelehnt. Er telefonierte und ich konnte nur den einen Satz vernehmen: »Der Rest geht zur Sparkasse.« Mein Herzschlag beschleunigte sich. Wir hatten kein Konto bei der Sparkasse. Ich wartete ab. Ohne mich konnte er nichts ändern. Er brauchte meine Unterschrift. Am Abend rief er mich in sein Büro. Auf dem Schreibtisch lag das Formular zur Auflösung des Kontos, auf dem der Erlös meines Elternhauses angelegt worden war. Auf dem oberen Teil des Formulars konnte man ankreuzen, dass alles zwar bei der bisherigen Bank blieb, allerdings in eine Auslandsfiliale überführt wurde. Auf dem unteren Teil konnte man anweisen, dass das Geld oder Teile davon zu einer anderen Bank übergingen. Ich unterschrieb den oberen Teil. Ich wollte keine Stückelung auf verschiedene Banken. Es war mir nicht wohl zumute dabei. Mein Bauchgefühl sagte mir, dass jetzt etwas passieren würde. Für einen Moment ging ich in mein Zimmer, ich musste nachdenken. Mein Bauchgefühl war immer noch tätig und ermahnte mich, noch einmal zurück ins Büro zu kehren, um nachzuschauen, ob Matteo ebenfalls unterschrieben hatte. Ich klappte den Aktendeckel auf, mir wurde übel, ich traute meinen Augen nicht. Was ich da zu lesen bekam, war ein dicker Vertrauensbruch, ja, es war sogar Betrug. Er wollte mich um Geld betrügen. 150.000 € auf ein Konto bei einer Sparkasse, nur auf seinen Namen. Damit wäre die Hälfte meines Erbes bei ihm gelandet. Ich versuchte mich zu beruhigen. Dann ging ich zu ihm und stellte ihn zur Rede. »Wir haben kein gemeinsames Konto bei einer Sparkasse, warum machst du das?«

»Die Hälfte deines Erbes gehört mir.«

Ich holte tief Luft und widersprach ihm mit den Worten: »Das stimmt nicht, das weißt du genau, fülle sofort ein neues Formular aus, der gesamte Betrag bleibt bei unserer Bank.«

Er schien klein beizugeben und entgegnete: »Morgen, das mache ich morgen.« Bei seinen Worten zeigte er keinerlei Regung. Zunächst hatte ich mein Erbe vor ihm gerettet, aber ich musste es auf meinen Namen bekommen, sonst würde er wieder versuchen, sich einen Teil davon zu nehmen. Das war nicht mehr der stets überaus korrekte Matteo, mit dem ich über die Jahre keinerlei finanzielle Probleme hatte. Wir hatten gar keine Probleme miteinander gehabt. Wir waren ein gutes Team. Vertrauen war unser höchstes Gut gewesen. *Was ging nur in ihm vor, warum versuchte er das? Warum wollte er mich um mein Geld betrügen? Er ist anders geworden, hatte sich sehr verändert*, quälten mich meine Gedanken. Ich nahm das Formular an mich, um es vor ihm zu schützen, und ging zu Bett. Erstaunlicherweise habe ich danach recht gut geschlafen.

Ein paar Tage später hatte ich einen erneuten Termin bei meinem Anwalt. Als er sich das Formular der Bank anschaute, schüttelte er den Kopf und bestätigte mir, dass es ein dicker Betrug sei, mit der Bemerkung: »Er war doch Verwaltungsjurist und hat immer über viel Geld verfügt. Es ist ihm schon bewusst, was er da gemacht hat. Das ist schon ein dicker Hund.« *Wie sollte es nur weitergehen? Vertrauensbrüche hatte es doch nie zwischen uns gegeben und nun das?*

13

Abends rief eine Frau bei uns an und war zunächst etwas perplex, dass ich am Telefon war. Sie fragte nach Matteo. Es riefen öfters Personen an, die ich nicht kannte – meistens von außerhalb, die noch aus Matteos Berufszeit stammten.

Ich suchte ihn und übergab ihm den Hörer. Als er ins Schlafzimmer stürzte, damit ich nicht hören sollte, was gesprochen wurde, wusste ich, was Sache ist. Da gab es jemanden, von dem ich nichts wissen sollte. Das musste ich erst mal verarbeiten und für mich selbst herausfinden, wie ich damit umgehen sollte. Als er das Gespräch mit der fremden Frau beendet hatte, kam er zu mir und beteuerte, dass alles ganz harmlos sei. Diese Frau habe er auf einer Radtour kennengelernt.

Ich glaubte ihm kein Wort und in mir reifte immer stärker ein Gedanke heran. *Ich muss die finanzielle Seite klären*, dachte ich, *mein Erbe muss ausschließlich auf Namen meinen laufen.* Abends machte ich einen Ansatz und versuchte mein Glück. »Ist gut. Du kannst es auf deinen Namen nehmen, aber nur, wenn du mir 50.000 € davon gibst«, war seine Antwort.

Das ist nicht mehr mein Mann, der korrekte Matteo, welche Stimme gibt ihm nur so etwas ein?

Ich schluckte schwer, ich hatte mich nicht verhört, denn mittlerweile wusste ich, dass ich meinen Ohren doch trauen konnte und ich kam mir vor wie in einem bösen Traum, aus dem ich so bitter hoffte, endlich aufwachen zu können. Aber ich wachte nicht auf. Seine Worte waren Realität. *Was wollte ich denn? Ruhe, Frieden und Freiheit!* Ich lebte unter ständigem Druck, das hielt doch niemand lange aus. Ich hatte keine Kraft mehr, mich dagegen zu wehren. Mich gegen ihn und seine Machtspielchen zu wehren.

»Gut, ich schenke dir 50.000 €, der Rest kommt auf meinen Namen.« So teilte ich widerwillig mein Erbe auf. Mein Leben. Als ich später diese 50.000 € über meine Bank habe nachverfolgen lassen, erfuhr ich, dass die gesamte Summe zu einem Kreditinstitut gegangen war, bei dem Matteo zu unseren guten Zeiten nie ein Konto gehabt hatte und bei dem er auch später kein Kunde gewesen ist. Es musste jemanden gegeben haben, dem er das Geld anvertraut hatte, damit ich es nicht zurückholen konnte.

Auch holte ich mir von einem anderen gemeinsamen Konto die Hälfte, die mir laut Anwalt zustand, weil ich fürchten musste, dass Matteo dieses Konto in naher Zukunft plündern würde. Ich musste anfangen, auf mein Bauchgefühl zu vertrauen. Das würde mich nicht täuschen. Er teilte mir mit, dass er die gesamte Summe abgehoben habe. »Dann hast du es um fünfzig Prozent überzogen. Meinen Anteil habe ich mir bereits genommen«, gab ich ihm zu verstehen. Er schwieg. Auch das war er von mir nicht gewohnt. *Wie sollte es jetzt weitergehen?*

Einige Zeit später stellte ich ihn zur Rede. »Was ist mit dieser Frau? Du hast jemanden und sagst mir nichts, rede wenigstens mit mir darüber.« Schulterzuckend ging er weg.

»Na und?«, hörte ich nur noch, bevor er verschwand, um seine Ruhe vor mir zu haben.

Hatte er nicht schon ein paarmal gesagt, ich solle ausziehen und andere Mütter hätten auch schöne Töchter? Die Zweifel begannen an mir zu nagen. Ich musste mir dringend etwas für den Fall der Fälle überlegen. Daher schaute ich mich kurzerhand ein wenig auf dem Wohnungsmarkt um, entschied allerdings nichts, sondern wartete noch ab. Es musste doch noch eine andere Lösung für uns geben. Unsere Ehe einfach so wegzuschmeißen, das ging doch nicht.

Ein Freund aus der Schreibgruppe, ein Familienanwalt, machte mir den Vorschlag, zu einer Familienberatung zu gehen. Der Psychologe bei der Caritas hörte sich meine Sorgen an. Er wollte anhand eines Rollenspiels herausfinden, wie sehr ich innerlich noch mit Matteo verbunden war. Ich ließ mich darauf ein. Das Ergebnis: Ich sei nicht in der Lage, mich zu trennen. Er riet mir zur Vorsicht. Immerhin war das eine Aussage, mit der ich umgehen konnte. Immer öfter hörte ich in der Folgezeit in mich hinein, suchte nach einer Lösung. Die Veränderungen bei ihm wurden immer offensichtlicher.

Nun bemerkte ich, dass Matteo plötzlich sein Handy in der Hosentasche mit sich trug, ebenso eine Lupe, weil er sonst die Schrift des Handys nicht mehr lesen konnte. Das Handy hatte er sich erst kürzlich angeschafft. In der Vergangenheit hatte er mit meinem telefoniert, das hatte ihm bisher gereicht. Jetzt wohl nicht mehr. Ich ertrug das Ganze nicht mehr und musste dringend etwas daran ändern. »Ich ziehe aus«, teilte ich ihm mit und war gespannt auf seine Reaktion. »Tu, was du nicht lassen kannst«, kam es prompt von ihm. Er nahm es einfach so hin. Ohne irgendeinen Versuch, mit mir zu reden oder ein klärendes Gespräch zu suchen. Es schien ihm nichts auszumachen, eine solch' gravierende Nachricht, die unser beider Leben verändern würde, zu erfahren. Das erste Mal in meinem Leben würde ich alleine wohnen. Da ich immer alles in unserem Haushalt erledigt hatte, war mir nicht bange. Ich brauchte Abstand. Die nette kleine Wohnung in einem Vorort unserer Stadt, in einem Viertel mit vielen Osteuropäern, konnte ich zahlen.

Wenn ich Klarheit erlangt haben würde, wie es mit mir weitergehen würde, dann könnte ich mir eine Eigentumswohnung von meinem Erbe kaufen. Das war mein Ziel. Ich wollte Ruhe haben. Ruhe vor den ständigen verbalen Attacken Matteos und der Gefahr, dass er weiterhin versuchen würde, mir mein Geld zu entziehen.

14

Der Tag des Auszugs war gekommen. Ich durfte fast nichts mitnehmen. Ich hatte noch nicht einmal ein Glas. Eine alte Couchgarnitur, mein Schreibtisch und ein Teppich meiner Mutter waren alles, was er mir zugestand. So musste ich mir dringend neue Möbel kaufen, schlief zunächst nur auf einer neuen Matratze auf dem Boden. Das neue Bett war noch nicht geliefert worden.

Als ich am ersten Morgen in der anderen Wohnung aufwachte, fühlte ich mich wie von einer schweren Last befreit. Ich war erleichtert. Später erfuhr ich, dass ein Freund noch einmal auf Matteo eingeredet hatte, wir sollten den Auszug absagen, wir sollten reden.

Das wollte er wohl nicht. Ich hatte den Eindruck, dass er froh darüber war, dass ich endlich fort war. Nun begann ich, mir mein Leben neu einzurichten. Freunde, die den Winter in Australien verbrachten, hatten uns zusammen eingeladen, sie dort zu besuchen. Sie wollten kitten, was es noch zwischen uns zu kitten gab. Ich fragte Matteo, ober er mitfahren würde, in weiter Ferne könnten wir vielleicht besser miteinander reden. »Mit dir fahre ich doch nicht nach Australien!«, antwortete er ziemlich aufgebracht. *Dann eben nicht*, dachte ich enttäuscht und verbittert. *Dann fliege ich allein.* Silvester waren die Flüge nach Melbourne sehr günstig. Ich buchte mir einen Flug und hatte das Gefühl, in ein anderes Leben zu fliegen. Ich freute mich wahrlich und aufrichtig. Seit langer Zeit empfand ich endlich wieder das Gefühl echter Freude.

15

Den Heiligen Abend verbrachte ich zusammen mit den Kindern und Matteo – der guten alten Zeiten willen. Die beiden anderen Feiertage war ich allein. Am zweiten Weihnachtsfeiertag bekam ich einen Anruf einer Bekannten, von der ich lange nichts gehört hatte. »Ich bin auf dem Weg ins Thermalbad, aber du kannst reden, ich habe eine Freisprechanlage«, entgegnete ich. »Weißt du, dass dein Mann eine Freundin hat?«

»Ja, die Frau, die er beim Radfahren kennenlernte, aber die hat schon lange nicht mehr angerufen.«

»Die ist es auch nicht, ich wollte dich nur warnen, damit du Bescheid weißt!«

»Jetzt sag schon, wer ist es denn, damit ich mich darauf einstellen kann.«

»Nein, du bist doch mit dem Auto unterwegs, du fährst dann bestimmt in den Graben, es ist zu hart. Das will ich nicht.« Ich ließ nicht locker, wenn schon, dann wollte ich die ganze Wahrheit wissen, auch wenn diese unangenehm war.

»Virginia!« Am anderen Ende herrschte Stille, ich war nicht in der Lage, etwas zu sagen. *Deshalb will er nicht mit mir nach Australien. Deshalb hatte er plötzlich ein Handy. Deshalb bekam er ständig SMS.* Jetzt wurde mir alles klar.

»Danke«, sagte ich geknickt und beendete das Gespräch über die Freisprechanlage. Wie gelähmt fuhr ich auf den nächsten Parkplatz und stierte auf die Wiese dahinter, um besser nachdenken zu können.

Wie konnte er nur? Ausgerechnet Virginia, meine Freundin! Wie gehe ich denn jetzt mit dieser Nachricht um? Meine Gedanken schienen sich zu überschlagen.

Was denkt sich Virginia nur dabei? Matteo und ich haben noch keine Entscheidung gefällt, wie es mit uns weitergehen soll.

Die sind von allen guten Geistern verlassen. Entsetzt dachte ich an die Kinder. Diese Nachricht erschien mir wie ein Erdbeben, das sich unter mir in Bewegung setzte, um alles in Chaos und Verderben zu stürzen. Irgendwie konnte ich nicht begreifen, was da gerade passiert war. Meine Welt brach in sich zusammen und ließ mich ratlos in einem Trümmerhaufen zurück. *Was sollte ich jetzt tun?* Es waren noch fünf Tage bis zu meinem Abflug nach Melbourne, und einmal mehr erschien mir die nahende Reise wie ein Aufbruch. Es kam mir vor, als würde ich die Flucht ergreifen. Die Flucht ans andere Ende der Welt.

16

Der Flieger hob pünktlich ab. Es war das erste Mal, dass ich mit einer arabischen Fluggesellschaft flog. Die Stewardessen waren sehr freundlich, ihr Lächeln verbindlich und ich fühlte mich für einen solch langen Flug gut aufgehoben. Mir gefiel ihre sandfarbene Uniform.

Ob die Farbe die Wüsten der Emirate widerspiegeln soll, fragte ich mich in Gedanken. Wenn sie nicht bedienten, trugen sie rote Käppis mit einem Hauch von einem Schleier, der zur Seite abfiel. Es wirkte sehr elegant, orientalisch und war vor allem hübsch anzuschauen. Auch sie spiegeln die Tradition des Landes dezent wider. Diese neuen Eindrücke ließen mich alles Unerfreuliche von zu Hause vergessen.

Vor Mitternacht landete ich in Dubai, wo ich einen kurzen Aufenthalt hatte und umsteigen musste. Es ging auf den Jahreswechsel zu. Ich war gespannt, es musste wohl ein sehr schillernder Flughafen sein, wie mir meine älteste Tochter vorab verraten hatte. In der Tat, es gab überall *Gold Souks* – Geschäfte, in denen man Schmuck in allen Variationen kaufen konnte. Es gab edle Autos zu gewinnen und eine Modeboutique reihte sich an die andere. Hier konnte man viel Geld loswerden, vorausgesetzt, man verfügte darüber.

In einem kleinen Bistro fand ich ein gemütliches Eckchen und dort fragte ich sehr naiv nach einem Glas Champagner. Immerhin war es bald Mitternacht und somit stand der Jahreswechsel kurz bevor. Der Kellner schaute mich entsetzt an, ihm fielen fast die Augen aus dem Kopf. »We don't serve any alcohol!«

O Gott, wie peinlich. Mir war entgangen, dass ich nun in einem Land des Islam war, in dem Alkohol strikt verboten war und dazu war ich ja auch noch eine Frau. Doppelte Naivität. Also bestellte ich einen Cappuccino.

Während die Kaffeemaschine dampfte und schnaubte, strahlte der Kellner mich an. Ich beobachtete das bunte Treiben in der Halle. Ein Scheich reihte sich an den nächsten, allesamt waren sie in weiße Gewänder gekleidet. Viele Frauen waren in eine Burka gehüllt, unter der Nike-Sportschuhe oder anderes *westliches* Schuhwerk herauslugte.

In was für eine Welt war ich da geraten? Meine Gedanken überschlugen sich.

Mein Handy klingelte plötzlich. Meine Freundinnen aus der Schreibgruppe wussten, dass ich kurz vor Mitternacht in Dubai auf dem Flughafen ankommen würde. Sie wollten mir für die Zukunft und das neue Jahr alles Liebe und Gute wünschen. Sie schienen sich Sorgen um mich zu machen. Diese Geste tat mir gut.

Plötzlich kam ein junger Mann zu mir und fragte, ob er sich zu mir setzen könne. Er sprach Englisch mit einem starken Akzent. Er wolle mit mir auf das neue Jahr anstoßen, das sei in Russland – seiner Heimat – so üblich. Er nestelte an einer Plastiktüte herum und stellte ein Flasche Wodka auf den Tisch und einen Plastikbecher vor mich. Ich erklärte ihm, er solle seinen Wodka schnell in seiner Tüte verstecken, in diesem Land sei Alkohol in der Öffentlichkeit absolut verboten. Verständnislos schaute er mich an, ließ aber die Flasche zum Glück verschwinden. Ich hatte keine Lust, schon auf dem ersten Drittel meiner Reise in einem Gefängnis zu landen. Nun begann er aus der gut in der Plastiktüte getarnten Wodka-Flasche einzuschenken. Ich gab ihm zu verstehen, dass ich keinen Wodka trinke. »What do you want?«, fragte er und stand auf. Lachend erklärte ich ihm, dass ich gerne Champagner trinken würde, aber dass das hier nicht ginge.

Er stand auf und ging an die Bar. »Oh wait, I will see, what I can do«, hörte ich ihn noch sagen. Er gestikulierte mit dem Barkeeper und plötzlich waren beide verschwunden. Nun waren es noch wenige Minuten bis Mitternacht, als er strahlend mit einem Glas Champagner zurückkam und dieses vor mich stellte. *Donnerwetter,* dachte ich, *da sind sicher sehr viele Rubel oder Dollar von einer Hand in die andere gewechselt.* Wir prosteten uns zu, er stieß mit seinem Plastikbecher Wodka an mein Glas Champagner. Wir stießen nicht nur an, wir verstießen auch gegen geltende Gesetze. Wieder sah ich mich schon auf dem ersten Drittel meiner Reise im Gefängnis sitzen. Angst stieg in mir hoch. Er strahlte, weil er nun nicht alleine den Jahreswechsel verbringen musste. Er fragte mich, aus welchem Land ich sei. Als er erfuhr, dass ich aus Deutschland bin, meinte er, ich würde sicher Business-Class fliegen oder sogar First-Class.

Ich war zu müde, um ihm zu erklären, dass nicht alle Deutschen so reich seien, und warum sollte ich ihm seine Illusionen nehmen? Mein Flug Richtung Singapur beziehungsweise Melbourne wurde aufgerufen und ich verabschiedete mich. Er wirkte sehr gerührt, den Grund dafür habe ich nicht so genau verstanden. Allerdings war ich froh, dass ich der Nähe der Wodka-Flasche entronnen war. Während des Weiterfluges dachte ich darüber nach, warum er sich ausgerechnet zu mir gesetzt hatte und kam zu dem Entschluss, dass es ein nettes Erlebnis gewesen war.

17

In Melbourne erwartete mich meine deutsche Freundin. Ein nettes australisch-italienisches Ehepaar waren unsere Chauffeure. Die Zusammenhänge der Gespräche während der Fahrt kapierte ich nicht, ich war total übermüdet, immerhin war ich inzwischen sechsundzwanzig Stunden auf den Beinen. *Oder waren es mehr? Ich weiß es nicht*, überlegte ich im Stillen. Das nagte an meiner Kondition und Konzentration. Hier war es nun drei Uhr morgens im Neuen Jahr. Wir hatten noch ca. vier Stunden Fahrt vor uns. Corowa war unser Ziel. Ich erinnere mich an eine warme Nacht und lodernde Buschfeuer. Welch ein Empfang auf einem fremden Kontinent. Der Chauffeur hatte eine Überraschung in Form von Musik für mich parat. *Bach, Beethoven, Mozart? Nein, weit gefehlt*, dachte ich, als ich bemerkte, dass Fastnachtslieder aus dem Rheinland sowie später *Schöne Maid* ertönten. Der Augenblick war so skurril, dass ich lachen musste. Meine Freundin knuffte mich in die Seite und sagte: »Halt ja den Mund.« Wir mussten beide lachen und der Chauffeur deutete es als reine Freude. Es war ein lustiger Empfang in Down Under gewesen.

Die Tage bei den deutschen Freunden verliefen sehr harmonisch. Sie gaben sich alle Mühe, damit ich die Turbulenzen und mein anderes Leben zu Hause etwas verdrängen konnte. Ihre Fürsorge hat mir gutgetan. Ich bewohnte mit ihnen ein kleines Haus. Im Garten stand ein Orangenbaum, prall behangen mit großen Früchten.

Ich übernahm die Aufgabe, jeden Tag einen Liter frischen Orangensaft zu pressen. Während der Gastgeber sich seinem Hobby – dem Segelfliegen – widmete, schlenderte ich mit meiner Freundin durch das kleine Städtchen oder wir fuhren in den Nachbarort, um ein leckeres Eis zu essen. Abends gingen wir in einen der zahlreichen Veteranenclubs, in denen man sich an einer langen Selbstbedienungstheke sein Abendessen als Menü selbst zusammenstellen konnte. Wir tranken australischen Wein dazu. Zu meinem Erstaunen grenzten an all diese Clubs riesige Spielhöllen. Nach dem Essen nahmen wir unsere Gläser und setzten uns in den Spielraum. Meine Freundin ging zu den Maschinen und spielte, während ihr Mann und ich einfach nur ein Schwätzchen hielten. Es waren erstaunlich viele ältere Menschen an den Geräten und ich erfuhr, dass in Australien die Renten wöchentlich ausgezahlt wurden, damit die Rentner nicht ihr ganzes Geld schon am Anfang eines Monats verzockten. Genau um 21:00 Uhr gingen die Lichter aus, die Spielgeräte wurden dunkel und an der Decke leuchtete ein rotes Licht. Für eine Minute herrschte absolutes Schweigen, um den Gefallenen der Kriege zu gedenken. Meine Gefühle waren sehr gemischt bei diesen Gedenkminuten. Später, auf dem Nachhauseweg, sprach ich mit meinen Freunden darüber. Auch sie empfanden es als sehr eigen und sogar für das große Land und seine Bürger untypisch.

Auch unternahmen wir Ausflüge in die Blauen Berge. Das strengte uns sehr an, weil die Klimaanlage in unserem Mietwagen nicht sehr effektiv und es somit unerträglich heiß im Inneren war. Wir fuhren an Billabongs vorbei. Das waren Vertiefungen, in denen sich das Regenwasser sammelte, wenn es denn einmal regnete. Sie waren fast leer. Aus den Stauseen ragten abgestorbene Bäume. Die Landschaft war vertrocknet und wirkte fast gespenstisch auf mich.

Die drei Wochen Urlaub in der Ferne vergingen viel zu schnell. Leider. Ich hätte noch mehr Zeit dort verbringen können.

18

Auf dem Rückflug grübelte ich, wie ich nun mein anderes Leben gestalten würde. Viele Ideen hatte ich nicht. Die Eindrücke der letzten Wochen waren einfach zu stark. Ich lehnte mich entspannt im Sitz zurück und dachte über den Aufenthalt nach. In Gedanken versunken war ich auf Phillip Island bei den Zwergpinguinen. Bevor ich zum Flughafen nach Melbourne musste, machten wir diesen imposanten Zwischenstopp. Mir hatte sich ein unvergleichliches Naturschauspiel geboten, das es sonst nirgendwo auf der Welt so gab.

Bei Einbruch der Dunkelheit konnte ich beobachten, wie eine Gruppe von Pinguinen, die um die fünfunddreißig Zentimeter groß sei mussten, aus den Wellen watschelte und Schutz in ihren kleinen Höhlen im sandigen Boden suchte. Hatte eine Gruppe ihre Behausungen gefunden, tauchte die nächste aus dem Wasser auf. Dieses Schauspiel ging über Stunden so weiter. Ich konnte mich daran nicht sattsehen – so schön war es. Die Tribüne der Beobachter war direkt über den Höhlen und an einigen Stellen war man so nur einen knappen Meter von den Tieren entfernt.

Eigenartig, diese Tiere störten sich nicht an den Menschen, die über ihnen sitzen, dachte ich selig in Erinnerung schwelgend.

Aus diesem Naturschauspiel schöpfte ich Kraft, um guten Mutes nach Hause zu fliegen. *Was würde mir das neue Jahr bringen? In jedem Fall gibt es einiges zu regeln*, überlegte ich.

19

Zunächst musste ich mir einen Minihaushalt aufbauen. Mein ganzer Reichtum bildete sich aus einem Herd, einem Kühlschrank, einer Spüle, einem Küchenschrank, einer Matratze sowie einem Schreibtisch. Diese Dinge hatte ich mir bereits neu angeschafft. Aus dem Nachlass meiner Mutter hatte ich noch einen Esstisch mit vier Stühlen sowie eine alte Couch. Ich besaß noch nicht einmal ein Glas. Es war genug, um die Freunde, die mir blieben, zum Essen einzuladen. Wir hatten immer in großen Häusern gewohnt. Die kleine Wohnung hingegen gab mir ein Gefühl von Geborgenheit.

Noch keine vierundzwanzig Stunden aus Melbourne zurück, klingelte mein Telefon. Eine sich verlegen räuspernde Person war in der Leitung. Matteo. »Na, wie ist es in Australien gewesen?«

Ich erzählte, dass ich sehr freundlich aufgenommen worden war, einige Ausflüge gemacht hatte, aber dass es einfach zu heiß dort sei. Dass ich in Melbourne eine Frau beobachtete, deren Schuhe im weichen Teer stecken geblieben waren, und den Ausflug nach Phillip Island erwähnte ich ebenfalls, da es lustige Anekdoten waren und ich nicht wusste, was ich sonst mit ihm reden sollte.

»Was ich aber eigentlich wollte ...«, sagte Matteo irgendwie verlegen wirkend, »... ein Rechtsanwalt hat mir eine Paartherapeutin in Regensburg empfohlen. Ich meine, wir sollten das einmal ausprobieren!« Sein Vorschlag kam sehr überraschend, ich wusste gar nicht so recht damit umzugehen. Verdutzt willigte ich ein. »Weißt du, diese Frau hat seine Ehe gekittet«, ergänzte er. Ich hörte ihm noch eine Weile zu und beendete schließlich ratlos das Gespräch. In meinen Ohren klangen die Worte nach. *Ehe gekittet. Was brachte das jetzt? Virginia war doch schon am Werk, wie sollte denn da unsere Ehe gekittet werden?* Dennoch wollte ich es versuchen. *Immerhin hat er von sich aus angerufen und diesen Vorschlag gemacht. Vielleicht hat diese Therapeutin ein Rezept, das Wunder wirkt. Das Wunder, den ursprünglichen Matteo, den ich einst geliebt habe, wieder neu zu formen*, überlegte ich.

Am vereinbarten Termin holte ich ihn ab und wir fuhren friedlich nach Regensburg. Sie hatte ihre Praxis in der Wilhelmstraße, eine der nobelsten Adressen der Stadt. Ich denke heute, dass Matteo nur deshalb mit mir hingegangen war – das und auch deshalb, um einfach die Form zu wahren, dass er alles versucht hatte. Die Therapeutin stellte sich als toughe Frau in den Vierzigern vor. Schlank, in einem grauen Hosenanzug. Ihr Auftreten wirkte auf mich sehr souverän und ihre Schritte waren fest, ihr Händedruck war es ebenso. In ihrem eleganten Therapieraum mit den hohen Stuckdecken fühlte ich mich auf Anhieb wohl. Die Weite nach oben hatte etwas Befreiendes, fast so, als würde mir die Höhe des Raumes die Möglichkeit geben, tief durchzuatmen und mich zu entspannen.

»Nehmen Sie Platz, wo Sie möchten«, sagte sie bei unserem Eintreten und ging hinter ihren Schreibtisch. Matteo nahm im einzigen schwarzen Ledersessel Platz.

Aha, der Chefsessel, war ja nicht anders zu erwarten, dachte ich enttäuscht. Ich wählte die Geborgenheit einer Ecke der modernen grauen Couch. Der sparsam möblierte große Raum war in Grauschwarz gehalten – *wie ihr Hosenanzug,* dachte ich. »Was führt Sie zu mir?«, richtete sie das Wort an uns beide. »Sie ist ausgezogen«, antwortete Matteo forsch und deutete mit der Hand auf mich.

Wer denn sonst, ist doch außer uns beiden niemand da, ging es durch meine Gedanken.

»Gibt es andere Partner?«, war ihre nächste Frage, wieder an uns beide gerichtet. Ich schüttelte stumm den Kopf. Von Matteo ging ein »Nein« durch den Raum. Ich schaute ihn eindringlich an, er wich meinem Blick aus. Dass er mit Virginia ausging, dass sie sehr oft mittags bei ihm kochte, das verschwieg er der Therapeutin bewusst.

»Warum sind Sie dann ausgezogen?«, fragte sie mich nun direkt. Ich versuchte, ihr zu erklären, dass es eine Wesensveränderung in Matteo gegeben habe, mit der ich nicht länger umgehen konnte.

»Was sagen Sie dazu?«, bat sie Matteo um Erklärung.

»Alles Käse«, war die ziemlich ärgerlich klingende Antwort von ihm. Sie fragte mich, ob ich Matteo noch lieben würde. »Ich liebe meinen Mann – so, wie er früher gewesen ist. Jedoch nicht den Matteo, der mir mein Erbe wegnehmen und mir meine Hobbies verbieten will, die durchaus seriös sind, und der mich wie eine Leibeigene behandelt. Das ist früher, vor seinem Ruhestand, nicht so gewesen.« Sie machte sich Notizen, während ich von meinen Beobachtungen erzählte, dann fragte sie: »Wären Sie denn bereit für einen Neuanfang?«

Ich nickte und erwiderte: »Aber nicht unter diesen Umständen«

»Und Sie?«, richtete sie nun das Wort an Matteo. »Was sagen Sie zu den Vorwürfen Ihrer Frau?« Ein Achselzucken und ein Kopfschütteln waren Matteos Antworten. Ich fing an zu weinen. Die Therapeutin reichte mir eine Schachtel Kosmetiktücher, um meine Tränen zu trocknen. So recht wollte es mir jedoch nicht gelingen, und ich schluchzte lauthals in die Tücher.

Sie stellte ihm die Frage, warum er mich geheiratet und nun verlassen habe, wir seien ja nun siebenunddreißig Jahre gut miteinander ausgekommen. Seine Antworten waren recht dubios. Es waren eher Komplimente über mein Aussehen, meine Art und wie ich mit den Kindern umgegangen sei. Die Therapeutin entgegnete nichts auf seine Ausführungen, fragte nur weiter: »Lieben Sie Ihre Frau noch?« Mit einer solch tiefgründigen Frage hatte er nicht gerechnet. Er wand sich und wusste nichts zu sagen und das, was er schließlich äußerte, zeigte mir den Weg, den ich nun gehen musste. Der Weg führte endgültig von ihm fort, nicht zu ihm hin. Er beantwortete die Frage einfach nicht, er wich ihr aus. »Sie sehen doch, dass Ihre Frau weint, berührt Sie das denn gar nicht?«, fragte sie ihn eindringlich. »Äußerlich nicht, aber innerlich.«

Was war das denn für eine bescheuerte Antwort. Meine Gedanken schlugen Purzelbaum bei seiner dürftigen Selbstdarstellung.

»Warum gehen Sie nicht zu Ihrer Frau und trösten sie?« Ein Achselzucken war Matteos einzige Reaktion.

»Sie haben beide erkannt, dass sie sich Zeit lassen sollten, Weiteres zu entscheiden. Nehmen Sie sich diese Zeit auch und überstürzen Sie nichts. Ich bin zu weiteren Gesprächen und Sitzungen mit Ihnen bereit, wenn Sie es denn auch sind«, schlussfolgerte die Therapeutin schließlich, beendete die Sitzung und verabschiedete sich von uns.

Schweigend liefen wir zum Auto. Auf dem Nachhauseweg warf ich ihm vor, dass er ja nur die halbe Wahrheit gesagt habe.

»Wieso?«, fragte er keck.

»Du hast ihr Virginia verschwiegen!«, entgegnete ich erbost und zugleich enttäuscht.

»Na und?«, war alles, was er zu sagen hatte. Der Rest der Fahrt verlief wortlos. Beim Aussteigen bemerkte er nur ziemlich beiläufig: »Wir telefonieren«, und verschwand.

20

Früh am nächsten Morgen meldete sich mein Telefon. »Na, hast du dir einen reichen australischen Farmer geangelt?«, plärrte eine blecherne Stimme aus meinem Hörer.

Was will die denn? Es war Virginia. Ich war dermaßen perplex, dass ich nur mit einem »Nein, was soll ich denn mit einem australischen Farmer, ich suche keinen Mann« antwortete, mehr konnte ich nicht sagen.

»Was ich dir sagen noch wollte ...«, haspelte sie herum, »... bist du dir darüber im Klaren, dass Matteo nicht alleine in der Wohnung bleiben kann?« Ich verschluckte mich fast an meinem Brötchenrest. *Was will die denn jetzt? Ich verstehe die Welt nicht mehr,* raste es durch meine Gedanken.

»Matteo ist ein erwachsener Mann, der selbst weiß, was er und was er nicht tun kann, was bezweckst du mit deiner Frage? Er allein entscheidet, wie sein Leben weitergeht, und auch mit wem, nicht ich«, gab ich ihr zur Antwort.

»Ja, und habt ihr schon darüber geredet, was nun aus der großen Wohnung wird?« Augenblicklich verschlug es mir die Sprache. Das darauf einsetzende Schweigen hätte man mit den Händen greifen können. Ich brauchte einen Moment, um mich auf so eine unverschämte Frage einzustellen. Ich war gerade mal drei Monate ausgezogen und Matteo und ich waren dabei, unsere Dinge zu klären. Aber es war noch nichts geregelt. »Matteo lebt in der Wohnung, sie gehört ihm und mir, alles andere geht dich nichts an!« Im Hörer gab es ein Knacken und weg war sie. In meinem Kopf brach ein Gedankenchaos los.

Sie führt etwas im Schilde, sie hat doch einen Plan, oder? Was sind ihre Absichten? Es waren Dinge, die nur Matteo und mich etwas angingen, auch wenn sie zusammen ausgingen und sie ihn bekochte, sie war immerhin nur eine Außenstehende. Fürsorglich klangen ihre Sätze nicht gerade, das war mir aufgefallen. Sie sprach in einem barschen, bestimmenden Ton mit mir. Matteo sagte ich nichts von diesem unerfreulichen Telefonat. Ich wollte die Dinge nicht verkomplizieren.

21

Einige Tage später war ich zum Geburtstag einer gemeinsamen Freundin von Virginia und mir eingeladen. Lange überlegte ich, ob ich diese Einladung annehmen sollte, denn ich musste damit rechnen, dass auch Virginia dort erscheinen würde.

Ich würde der Frau begegnen, die jetzt mit meinem Mann ausging. *Aber warum denn nicht? Natürlich gehst du zu der Feier,* befahl ich mir selbst. Ich besorgte ein hübsches Geschenk und machte mich auf den Weg. Es waren schon viele Gäste in der Gaststätte, in der der Geburtstag stattfand. Alle verstummten, als ich eintrat. Meine Freundin umarmte mich und schaute mir tief und eindringlich in die Augen. Was sie mir mit ihrem Blick sagen wollte, verstand ich jedoch nicht. Es wurde mir ein Platz am Eingang zugewiesen und eine andere Freundin setzte sich zu mir. Sie fragte mich regelrecht aus, wo ich jetzt wohnen und wie ich denn jetzt meine Zeit verbringen würde und ob wir unseren Hausrat geteilt hätten.

»Nichts durfte ich mitnehmen, ich hatte noch nicht einmal ein Glas«, schloss ich meine Ausführungen und es hörte sich inzwischen wie ein auswendig gelernter Text an. In diesem Augenblick betrat Virginia den Raum und bekam die letzten Fetzen meines Satzes mit. Sie setzte sich in Szene, kam auf mich zu, schaute mich mit wütendem Blick an und schleuderte mir entgegen: »Bei dir ist jetzt Minimalismus angesagt.« Die andere Freundin und ich sahen einander entsetzt an.

»Die ist aber frech, du hast ihr doch gar nichts getan, oder?« Ich war fassungslos und gab Virginia keine Antwort. Das war das Klügste, was ich tun konnte. In Ruhe aß ich ein Stück Kuchen, trank eine Tasse Kaffee und verabschiedete mich schließlich früh wieder. Man wollte mich überreden, doch noch bis zum Abendessen zu bleiben.

»Hier habe ich nichts mehr verloren, ich fühle mich nicht wohl, ich möchte gehen«, erwiderte ich jedoch geknickt und verließ die Gaststätte.

Auf der Heimfahrt sinnierte ich darüber, warum Virginia so wütend gewesen war. Mir drängte sich der Verdacht auf, dass sie Matteo mit zu diesem Geburtstag nehmen wollte, damit die Öffentlichkeit jetzt erfuhr, dass die beiden sich zusammengetan hatten. Das funktionierte jedoch nicht. Matteo hatte womöglich mein Auto gesehen und war wieder verschwunden, bevor ihn jemand hatte erblicken können. Diesen Auftritt wollte er sich mit Sicherheit ersparen.

Ihr Plan ist nicht aufgegangen, deshalb war sie so aufgebracht, erkannte ich mit einem Schmunzeln, was mich ein wenig mit dem soeben Erlebten versöhnte.

22

In der nachfolgenden Zeit, wann immer ich zum Einkaufen in der Stadt war, geschah immer das Gleiche: Bekannte kamen auf mich zu und fragten: »Was will denn Ihr Mann mit dieser Frau?« Auch Mitglieder seines Männerclubs sprachen mich auf Virginia an. Ich wusste nicht, warum sie das fragten.

Ein Ehepaar stellte mir die gleiche Frage und ergänzte: »Sie sind eine attraktive Frau, Sie stehen mit beiden Beinen im Leben, sind Ihrem Mann immer loyal zur Seite gestanden und haben ihm den Rücken freigehalten, dazu ist doch diese Frau gar nicht in der Lage. Sie wissen ja, was man sich erzählt ...« *Was sollte ich denn wissen, da* gab es etwas, *was mir bisher verschwiegen wurde*, erkannte ich im Stillen, wagte aber nicht, es zu hinterfragen. Die Herrschaften gingen davon aus, dass ich die Fakten kannte, über die sie so geheimnisvoll taten.

Ein paar Tage später begrüßte mich ein Bekannter ebenfalls in der Stadt und flüsterte mir ins Ohr: »Wissen Sie eigentlich, dass es schon zwei Scheidungen wegen der jetzigen Freundin Ihres Mannes gegeben hat?« Seine Frau war hinzugekommen und nickte zustimmend. Nun fasste ich meinen ganzen Mut zusammen und sagte, dass ich rein gar nichts über Virginia wusste, auch wenn wir über Jahre zusammen in den Urlaub gefahren sind. Sie erzählten mir, dass sie schon einige Affären gehabt hatte, daraus auch nie ein großes Geheimnis machte und dass sie im Grunde ein Doppelleben führen würde. Auf der einen Seite spiele sie die treue Ehefrau, Mutter und Hausfrau, auf der anderen Seite war sie auf der ständigen Suche nach neuen Männern und Abenteuern mit diesen. Ich hatte das Gefühl, dass mir jemand einen Eimer mit Eiswürfeln überkippte. Ich war total verblüfft, aber weniger über die Tatsache als solche, sondern mehr über meine eigene Naivität, dass ich das bisher nie selbst bemerkt hatte. »Kommen Sie mal bei uns vorbei, wir können noch mehr erzählen,« sagten sie lachend und entfernten sich schließlich mit einem kurzen Abschiedsgruß von mir. Langsam löste sich meine Erstarrung. Nun wusste ich auch, was das Ehepaar zuvor angedeutet hatte.

Von Virginias Mann, Werner, hatte ich in der ganzen Zeit nichts mehr gehört. Nun hatte ich den dringenden Wunsch, mit ihm zu reden, um zu hinterfragen, was man mir soeben zugetragen hatte. Ich konnte es einfach nicht glauben, dass meine ehemalige Freundin zwei Gesichter haben sollte. Als ich ihn anrief, reagierte er zunächst zögerlich. Dann willigte er ein und wir trafen uns in einem Café. Vorsichtig fing ich mit meinen Fragen an, doch ich brauchte endlich Klarheit.

Wie würde er damit umgehen, wenn das Doppelleben seiner Frau nur ein Gerücht war? Mir war nicht sehr wohl in meiner Haut, aber die Dinge mussten geklärt werden. Er erzählte langsam und mit mehreren Pausen zwischendurch, es ging ihm nahe, was er mir zu sagen hatte. Schließlich bestätigte er alle Gerüchte und ich erfuhr noch sehr viel mehr. Dass sie ihre

Kochtöpfe nahm, zu Männern fuhr, die vorübergehend alleine zu Hause waren, sie bekochte und den Nachmittag mit ihnen verbrachte. Nachdem er geendet hatte, saßen wir uns für einen Moment schweigend gegenüber. Nach einer Weile sagte er zu mir: »In der Vergangenheit wohnte sie ja noch zu Hause – bei mir -, aber jetzt will sie weg.«

»Wo will sie denn hin?«, fragte ich überrascht. Auf die Idee, dass sie es auf unsere Luxuswohnung abgesehen hatte, kam ich nicht. So weit war ich in diesem Moment noch nicht.

Fast unter Tränen erwiderte er: »Du bist doch daran schuld, du bist ausgezogen, jetzt hat sie einen Platz, wo sie wohnen kann!« Es machte keinen Sinn, dass ich mich rechtfertigte, er war so davon überzeugt, dass ich mit meinem Auszug eine Lawine losgetreten hatte, die sich für ihn zum Nachteil auswirken würde. Wir verabschiedeten uns kurz darauf wortlos.

Was war aus seinem früheren Satz geworden? »Wir werden für immer Freunde bleiben.« Ich wusste es nicht. *Es ist alles zerplatzt und ich soll nun die Schuldige, die Böse sein?* Ich konnte es nicht glauben. Das ging nun wirklich zu weit. Niemand fragte mich, warum ich ausgezogen war. Niemand wusste, dass sie schon SMS an Matteo verschickte, als ich noch zu Hause gewohnt hatte. Niemand ahnte, dass mich Matteo nur noch diskriminierte und beschämte – mit seinem Verhalten, mit der Trennung, mit allem. Dass es für ihn interessanter war, sich umgarnen zu lassen, als sich mit mir auseinanderzusetzen, stimmte mich traurig und wütend zugleich. Die Erkenntnis darüber, dass man mich so sah und dass ich nun wirklich alleine durchs Leben gehen musste, war ungeheuerlich und ungerecht.

Was sollte ich tun, mich doch rechtfertigen? Mich wehren?

23

Mit den neuen Erkenntnissen, die Werner mir gegeben hatte, stieg ich erschüttert in mein Auto. Das ist eine Wahrheit, die ich so nicht erwartet hatte und die ich auch nicht einordnen konnte.

Warum hatte ich dieses Doppelleben von Virginia nie bemerkt? Ich fuhr auf eine Anhöhe zu einer Bank, von der aus ich einen wunderschönen Blick auf die Donau hatte. In meinem Kopf spulten sich Bilder und Erinnerungen ab, die ich dachte, bereits vergessen zu haben, die aber in den Bericht von Virginias Mann passten. Ich schaute auf den Fluss, in dem sich glitzernd die Sonne spiegelte.

Da kam mir plötzlich ein Ereignis in den Sinn, das ich heute verstehe, damals jedoch nicht. Ich war mit Tom beim Kinderarzt in der Stadt gewesen, als ich auf einmal Virginias Auto vor mir erkannte. Ich gab Lichthupe, winkte, wir machten das Schiebedach auf und Tom schaute oben hinaus und gab ihr Handzeichen. Von ihr kam keinerlei Reaktion. Sie schaute in den Rückspiegel, reagierte aber nicht. Sie musste doch unser nicht alltägliches Auto erkennen. Schließlich hupte ich, weil ich mich freute, sie zu sehen. Dann steuerte sie ihr Auto ohne zu blinken ruckartig an die Seite, hielt an, sprang heraus, kam mir aufgeregt entgegen und rief mir zu: »Sag ja niemandem, dass ich einen Mann dabeihabe!« Erst da schaute ich in ihr Auto und entdeckte einen schwarzen Schopf, der sich in den Sitz duckte. »Nein, natürlich nicht«, antwortete ich ihr verwirrt, »aber ich nehme auch des Öfteren jemanden mit, was ist denn dabei?« Sie stieg in ihr Auto und brauste davon, ohne auf den dichten Verkehr zu achten und ohne mir zuvor zu antworten. *Mein Gott, war die aufgeregt.* Tom fragte mich, was das gewesen sei, ich erklärte ihm, dass ich das auch nicht verstanden habe.

Als ich ein anderes Mal bei ihr zu Hause gewesen bin, zeigte sie mir eine Stelle im Garten, in der sie telefonieren konnte, ohne dass es die Familie bemerkte oder gar hörte. Auch das konnte ich nicht einordnen, ich versuchte es gar nicht erst, weil es mich nicht interessierte. Ich sagte zu ihr: »Meine Telefonate kann jeder hören.« Sie gab mir keine Antwort.

Auch von einem Treffen mit einem Mann in einem Café erzählte sie mir, es ging angeblich um ihr Ehrenamt.

Dass sie sich oft mit ihrem Mann stritt, das war bekannt.

Wenn ich intensiv über ihre Verhaltensweise nachgedacht hätte, hätte mir auffallen können, dass sie oft nicht zu Hause gewesen ist, wenn ich anrief und dass der Jüngste immer alleine seine Hausaufgaben machen musste. Jedoch dachte ich nicht nach, weil es mich nichts anging. Was mir jedoch sehr seltsam vorkam, war die Tatsache, dass sie mich immer nur zusammen mit Matteo einlud. Wir machten nie etwas nur zu zweit, wie es Freundinnen gelegentlich taten. An diesem Punkt kam ich wieder zu der Erkenntnis: Sie sah mich nicht als Freundin an. Die Ferien mit uns waren praktisch und preisgünstig für sie gewesen, nichts weiter. Dennoch empfand ich die Reisen mit ihnen als abwechslungsreich und oft sehr lustig.

Ein anderes Erlebnis schlich sich nun ebenfalls in meine Gedanken. Wir waren zu einem runden Geburtstag eines Freundes eingeladen. Es waren circa fünfzig Gäste im Raum. Die Stimmung war fröhlich und ausgelassen. Nach dem ausgedehnten Mahl spielte ein kleines Orchester alte Schlager und es wurde ausgiebig getanzt. Matteo wollte mit mir tanzen. Mit gemischten Gefühlen ließ ich mich darauf ein und ging mit ihm zur Tanzfläche. Plötzlich entdeckte ich Virginia, die vor einem Mann stand, den ich nicht kannte.

Ihre Hände lagen flach auf seiner Brust, im Rhythmus der Musik schwang sie ihre Hüften leicht hin und her, sie ging langsam in die Knie. Ihre Hände glitten an dem etwas beleibten Mann herunter und dann grätschte sie ihre Beine, um mit ihrem Körper noch näher an ihn heranzukommen. So bewegte sie sich lasziv, bis sie fast auf dem Boden angekommen war. Dem Unbekannten war es sichtlich peinlich, sie schien es nicht zu bemerken. Sie machte einen sehr überzeugten Eindruck ihres Tuns. Ihr Gesichtsausdruck zeigte hämische Freude. Ihr Mann, Werner, der dem Schauspiel nicht zuschauen wollte, verließ kopfschüttelnd den Raum. Andere Gäste steckten die Köpfe zusammen und wandten sich tuschelnd ab. Die Situation war mehr als peinlich, aber sie schien das gar nicht wahrzunehmen. Ihr *Tanzpartner* nahm ihre Hände, zog sie hoch und flüsterte ihr etwas ins Ohr. Strahlend ging sie zu ihrem Platz am Tisch zurück. Nicht nur ich war unangenehm berührt. Matteo konnte dieses Geschehen nicht sehen, er hatte ihr den Rücken zugewandt.

Spätestens in diesem Augenblick hätte ich verstehen müssen, dass mit dieser Frau, meiner Freundin, etwas nicht stimmte.

Mit Frauen, die sich dermaßen anbiederten, konnte ich nicht umgehen. Es widerte mich an, rückblickend war ich entsetzt. Die Geburtstagsfeier nahm ihren Verlauf. Mir ging das Geschehene nicht aus dem Kopf. Ihr Mann tat mir leid. Das war ein Affront gegen ihn.

Warum machte sie das? Warum hielt ihr Mann das so lange aus? Gedanklich kam ich auf keinen grünen Zweig.

Mit der Erkenntnis, dass die Schuld des jetzigen Desasters bei mir lag, schaute ich auf den glitzernden Fluss vor mir. In Gedanken sah ich die fröhlichen Gesichter der Kinder, die reichlich gedeckten Tische vor mir – oft waren wir zehn Personen gewesen und es war stets hoch hergegangen. Das war nun vorbei. *Jetzt ist Matteo ihr Opfer*, dachte ich entsetzt. Ich kam für mich zu dem Entschluss, dass mich das alles nichts mehr anging. Er hatte in keiner Weise versucht, mich zu halten.

24

Matteo und ich trafen uns alle drei bis vier Monate und besprachen Dinge, die durch unser getrenntes Wohnen geregelt werden mussten. Oft fragte er mich nach den Kindern, weil ich den engeren Kontakt zu diesen hatte. Nach diesen Gesprächen gingen wir ohne Groll auseinander. Es war ein freundschaftlicher Umgang. Von seinem Verhältnis zu Virginia berichtete er mir jedoch nichts.

Der Winter kam und er fuhr mit einem Freund in unser Haus am Meer, um nach dem Rechten zu schauen und den Garten zu ordnen. Im Frühling nach seiner Rückkehr bat mich Matteo um ein schnelles Treffen. *Was passiert denn jetzt? Was will er nur von mir?* Alles Grübeln brachte mich auf keine Idee, was er wollte.

Wir trafen uns an der Donau und saßen in einem gemütlichen Restaurant in der Sonne. Er räusperte sich, wie immer, wenn etwas für ihn Bedeutendes folgte. »Was hältst du davon, wenn wir einen *neuen* Ehevertrag machen?«

»Wieso? Willst du dich scheiden lassen?«, fragte ich verunsichert.

»Eben nicht!«, war die knappe Antwort, über die ich sehr erstaunt war. »Jeder kann dann mit seinem Eigentum machen, was er will, ohne den anderen fragen zu müssen.«

»Ah ja, und was bekomme ich?«

»Du hast die engere Bindung zu Frankreich, ich möchte unsere große Wohnung im Alleinbesitz haben! Ich habe schon einen Termin beim Notar und du bekommst in den nächsten Tagen den Entwurf zugeschickt«, entgegnete er forsch. *Donnerwetter, dachte ich, der hat es aber eilig!*

Ich willigte ein, wir plauderten noch ein wenig. Dann zahlte ich für uns beide, was mich zum Schmunzeln brachte. Ich hatte immer gezahlt, weil er die Münzen nicht gut sehen und unterscheiden konnte und so war er es gewohnt.

Der Notar schickte den Entwurf, den ich so nicht akzeptieren konnte. Ich rief Matteo an und nannte ihm meine Bedingungen. »Ich habe schon einen Termin ausgemacht, bitte komm!

Diesen Vertrag unterschreibe ich nicht, zumindest nicht mit diesem Inhalt, der eindeutig zu deinem Vorteil ist, da muss einiges geändert werden!«, forderte ich.

»Das können wir mit dem Notar besprechen.«

Dieser kannte uns noch vom Kauf unserer Luxuswohnung, die viel zu bombastisch für uns und für mich ein Fehlkauf gewesen war. Ich habe mich nie heimisch darin gefühlt. Es ist ein Mausoleum in weißem Marmor. Weiße Marmorböden, auch in der Küche. Große Marmorplatten an den Wänden im Bad. Es gab so viele Spiegel, dass man von hinten, von vorne und von allen Seiten wunderbar beobachten konnte, wie der alternde Körper aus den Fugen geriet. Das brauchte niemand. Leider hatten wir damals kein anderes Objekt gefunden und unser altes Haus war bereits verkauft gewesen. Es blieb mir zu jener Zeit nichts anderes übrig, als dem Kauf dieses Marmorpalastes zuzustimmen.

Ich fühlte mich nie wohl darin, Matteo schon. Er fand den Pomp toll. Seine Bescheidenheit war wohl auch abhandengekommen. Er hätte in den Jahren davor, als er noch im Beruf gewesen war, so eine Immobilie nie gekauft. Es war sehr ungewöhnlich! Auch da dachte ich wieder, wie sehr er sich doch verändert hatte.

Der Notar begann den Vertrag vorzulesen. Bei der Bemerkung, der Hausrat sei geteilt, widersprach ich und erklärte die Fakten, um eine gerechtere Vereinbarung zu finden. Er bemerkte, dass die Angaben, die Matteo gemacht hatte, nicht korrekt waren.

Die Aufgabe des Notares ist in unserem Fall gewesen, für beide Seiten die beste und gerechteste Lösung zu finden. Letztlich fanden wir in allen Punkten einen Konsens. Meine Verwunderung ist schon groß gewesen über das Taktieren und Argumentieren Matteos zu seinen Gunsten. Einen Versuch, den Notar zu täuschen, das hätte er früher niemals gemacht. Das war nicht mehr mein Matteo, mein ehrlicher, korrekter Ehemann. Diesen schien es nicht mehr zu geben.

Er wünschte, dass unsere gemeinsame große Wohnung in Deutschland ihm alleine gehörte. Im Gegenzug bekam ich nach deutschem Recht unser Anwesen am Meer. Der Pferdefuß lag darin, dass unsere Immobilie in Frankreich nach französischem Recht immer noch uns beiden gehören würde. Aber ich traute mir zu, auch das zu stemmen, wenn es notwendig werden würde. Matteo versicherte mir, wenn ich es je verkaufen wolle, dass er mir seine Zustimmung geben würde. Ich vertraute ihm.

Ein paar Tage später packte ich meine Koffer und fuhr in den Süden. Nun musste ich mich dort allein um alles kümmern. Aber ich war vollen Mutes und freute mich, dass mir niemand mehr meine Kakteen ausriss und ich die ein oder andere Anschaffung frei entscheiden konnte.

Der Süden war zu meiner zweiten Heimat geworden, nicht das Haus und der Garten, sondern die Gegend. Die Erinnerung an meine Jugend am Strand, wo ich viele unbeschwerte Stunden verbracht hatte und vor allem die Sprache erlernen konnte, ohne dass mich ein Lehrer knebelte, Vokabeln zu büffeln, erwärmte mir das Herz.

Am Morgen kümmerte ich mich um Haus und Garten und nachmittags ging ich zum Strand. Die Abendessen fanden meistens bei Freunden statt oder ich lud diese zu mir ein. Es war wie in den vergangenen Jahren, nur eben ohne Matteo. Ich genoss die Zeit, die mir sehr unbeschwert erschien. Lesen auf der Terrasse mit Blick aufs Meer – und wenn es zu heiß wurde, schnappte ich mein Handtuch und ging im kühlen Nass schwimmen.

Ich fühlte mich nach langer, langer Zeit wieder wohl in meiner Haut – bis ein Anruf aus Deutschland kam.

»Wir sind unterrichtet worden, dass Virginia heute bei Papa einzieht,« hörte ich eine eingeschüchterte Stimme sagen. Nun fiel es mir wir Schuppen von den Augen. Deshalb wollte Matteo die Wohnung auf seinen Namen haben, damit ich keinen Widerstand leisten und Virginia problemlos einziehen konnte. Deshalb stellte sie mir in der Vergangenheit auch wiederholt ihre Fragen, was wir mit der Wohnung machen würden. Das war ihr Ziel gewesen.

Sie stuft sich hoch, sie hat es geschafft, dachte ich erstaunt. Da wurde mir klar, dass sie das schon beabsichtigte, als sie mich drei Monate nach meinem Auszug fragte, was wir mit der Wohnung vorhätten und dass Matteo nicht alleine bleiben könnte. Sie hatte einen Plan, der noch weitergehen würde. *Warum hatte sie sich damals darüber informiert, wie hoch Matteos Pension war?* Ich schluckte und meine Gedanken kreisten um meine persönlichen Dinge, die von nun an von ihr genutzt werden würden. Auch hatte ich erfahren, dass Matteo keinerlei Veränderungen wünschte. *Ob sie auch in meinem Bett schläft?* Diesen Gedanken behielt ich für mich. Ich beendete das Telefonat und setzte mich hin und überlegte, welche Konsequenzen diese Veränderung für mich eventuell hätte. Zunächst keine, war mein Resultat. Ich legte mich in den Schatten auf eine Liege, versuchte, eine kleine Siesta zu machen, doch ich war zu aufgewühlt. *Matteo nahm seinem besten Freund die Frau. Meine Freundin zieht bei meinem Mann ein, ohne Skrupel, einfach so. Was die Kinder wohl dazu sagen werden?*

Dreißig Jahre jünger, jede Nationalität, jede Frau der Welt, aber nicht die. Das kam von den Kindern bei mir an. Auch sie waren entsetzt. Tom und Lea erzählten mir, dass wenn sie ihren Vater besuchten, Virginia ihnen nicht von der Seite wich, alles beobachtete und kommentierte, was zwischen dem Vater und den Kindern gesprochen würde und dass sie sich das für die Zukunft verbitten würden. Sie machten ihr deutlich, dass sie mit dem Vater alleine ausgehen oder reden wollten. Es schien zu Schwierigkeiten zu führen, aber letztlich erreichten die Kinder es, ihren Vater für ein paar Stunden für sich zu haben.

25

Ein paar Monate später, beim nächsten Treffen mit Matteo, fiel mir auf, dass er eine Art Trauring, einen Tricolor-Ring anstelle unseres Eherings am Finger trug.

Auf meine Frage, warum er diesen Ring trage, wir seien doch noch verheiratet, antwortete er mit einem ärgerlichen Ton: »Das ist meine Sache.« Es fiel mir schwer, mir eine weitere Bemerkung zu verkneifen und so sagte ich: »Das ist doch Kindergarten, willst du dich scheiden lassen?«

»Nein, auf keinen Fall, nur wenn du einen Partner hast«, entgegnete er zornig. »Ich habe keinen Partner und ich brauche auch keinen, ich brauche Ruhe und Zeit, um mich von dir zu erholen«, erwiderte ich verletzt. Dieses Treffen endete mit einer knappen Verabschiedung und es verstrich sehr viel Zeit, bis ich Matteo wiedersah.

Für mich kam das nächste Angebot, mit meiner Oldie-Truppe eine eigens von dieser organisierten Billigreise durch Indien zu machen. Ich wusste, dass Indien ein schwieriges Reiseland war. Es würde keine Fünf-Sterne-Hotels geben, keinen Luxus, dafür viele Fahrten mit der Indischen Eisenbahn, die gelegentlich auch gefährlich werden könnten. Wenn ein Feuer im Zug ausbrach, war ein Entkommen nicht möglich, weil die Fenster vergittert waren. Dass Indien ziemlich schmuddelig sein würde und Vorsicht vor Neppern, Schleppern und Dieben angebracht war, das war mir bewusst. Teuer würde diese Reise nicht werden, aber sieben Wochen waren lang. Nach reiflicher Überlegung sagte ich zu.

Das war eine Abwechslung, die mich von den neuesten Entwicklungen vor Ort ablenken würde. So flogen wir zu viert zunächst nach Goa. Die Freunde waren schon in Indien gewesen, für mich war es ein ziemlicher Schock, die Armut, den Schmutz und das erbärmliche Leben der Bevölkerung mit eigenen Augen zu sehen. Frauen, die hochschwanger schwere Steine schleppen mussten. Ebendiese Frauen, die wunderschöne bunte Saris trugen und nur dadurch das Land ein klein wenig bunter machten. Doch es gab auch viele Körperbehinderte, die auf Rollbrettern zwischen dichtem Verkehr an den Autos bettelten. Ausgemergelte Menschen, Kinder, die nichts als zerrissene Fetzen als Kleider trugen, baten uns um Essen, immer mit der typischen Geste: Sie hielten ihre kleinen Hände, die sie löffelartig zum Mund führten, um so zu zeigen, dass sie Hunger hatten. Kauften wir dann Kekse, hatten wir sofort ein ganzes Rudel von Kindern um uns herum, die alle Essen haben wollten. An einem Morgen, es war bitterkalt, kam ein kleines Mädchen mit einem dünnen, zerfetzten Kleidchen, sie trug noch nicht einmal ein Höschen, auf uns zu. Auf dem Arm trug sie einen Säugling, der wohl vor Erschöpfung schlief. Wir kauften wieder Kekse und Bananen und machten uns Sorgen, dass die Kinder Bauchschmerzen bekämen, wenn sie das essen würden, weil ihre kleinen Mägen so viel Essen gar nicht gewohnt waren. Das war ein Teufelskreis. Mir zerriss es das Herz. Wir konnten noch nicht einmal wirklich helfen. Von diesen Kindern gibt es Millionen in Indien und die Welt schaut zu, ohne etwas zu unternehmen. Täglich sahen wir neue Zeugnisse der tiefen Armut, die in diesem Land herrschte.

Die Kuhfladen der Heiligen Kühe waren im Alltagsleben nicht wegzudenken. Damit wurden die Dächer der Ärmsten gedeckt. Auch für die Feuerstellen, um Nahrung zuzubereiten, wurden Kuhfladen verwendet. Das sah ich auch mitten in Delhi. Hier erschien mir meine Lebensveränderung in einem ganz anderen Blickwinkel. *Was wollte ich denn mehr?* Ich hatte ein Dach über dem Kopf, genügend zu essen und konnte mir sogar die ein oder andere Reise leisten. Meine Gesundheit war das höchste Gut, auch wenn ich jetzt alleine durchs Leben ging. Selbst wenn Matteo sich entschieden hatte, mit einer anderen Frau zu leben, mir ging es gut. Diese Reise rückte meine Sicht zurecht.

26

Indien ade! Es waren tiefe Eindrücke, es gab nette Begegnungen, aber ich war froh, als ich wieder heil zu Hause angekommen war. Die Ankunft war am Fast-nachts-Wochenende. An das laute, aber fröhliche Trei-ben in den Straßen konnte ich mich nicht gewöhnen, es kam mir nach dem vielen Elend, das ich gesehen hatte, unwirklich vor. Es brauchte sehr viel Zeit, diese Eindrücke zu verarbeiten.

An diesem Wochenende blieb ich zu Hause in mei-ner kleinen Wohnung und ruhte mich einfach aus und stellte mir die Frage, was ich jetzt weiter tun konnte. Meinen Tagen hatte ich eine Struktur gegeben. Meis-tens versorgte ich morgens meine Wohnung und am Nachmittag traf ich mich mit jemandem oder schrieb an meinen Kurzgeschichten. Das forderte enorm viel Zeit. So langsam schaute ich mich nach einer Wohnung zum Kauf um. Ich wog den Standort, die Preise und die Beschaffenheit der Wohnungen, die ich besichtigte, genau ab. Als ich meine Entscheidung getroffen hatte, freute ich mich auf den Umzug und auf mein neues, mir eigenes Zuhause. Ich richtete mich neu ein und ließ so vieles aus meiner Vergangenheit zurück, damit ich positiv in die Zukunft blicken konnte. Auch diese Woh-nung erlaubte mir, sie einfach abzuschließen und zu verreisen. Das war nun mein Ziel, mir weiter die Welt anzuschauen. Immer wenn ich von einer Reise zurück-kam, blickte ich anders auf meine Dinge, ich verstand vieles, was außerhalb unseres Landes geschah, nun besser. Ich wurde ausgewogener und vielleicht sogar toleranter. Allerdings forderten die Erlebnisse und Erinnerungen an die Indienreise zunächst eine Pause. Diese starken Eindrücke musste ich erst verarbeiten.

Beim nächsten Treffen mit Matteo war die Stimmung eine seltsame, ich hatte das Gefühl, dass er mir etwas sagen wollte, aber nicht so recht den Mut dazu hatte. Wir plauderten über das Wetter, sein Lieblingsthema Politik und die erwachsenen Kinder. Dann bemerkte er so ganz beiläufig, dass es ja eine glückliche Fügung sei, dass Virginia sich für ihn entschieden habe. Er habe sich ja schon immer gut mit ihr verstanden.

»Na, dann ist ja gut,« sagte ich ziemlich gleichgültig. »Hast du niemanden?«, fragte er mich.

»Nein, ich habe niemanden. Ich habe das Grüppchen, mit dem ich reisen kann, das reicht mir.« *Was hat der denn bloß, warum fragt er mich das immer?* Ich konnte seinen Fragen in Gedanken einfach keinen Sinn geben.

»Kennst du eigentlich das Vorleben von Virginia?«, fragte ich ihn.

»Was meinst du, die Ehe mit Werner? Die ist desaströs!«, antwortete er fragend.

»Ja, das erzählt sie dir. Wenn ich eine Ehe lang immer andere Männer gehabt hätte, dann wäre unsere schon längst beendet gewesen, nicht erst jetzt, seit du mir mein Geld wegnimmst!«

Er warf mir einen wütenden Blick zu, wobei ich nicht erkennen konnte, ob dieser mir galt oder eher dem Umstand, dass seine Freundin eine nicht so reine

Weste besaß, wie er zunächst geglaubt hatte. Ich erzählte ihm, dass auch ein gemeinsamer Freund unter ihren Opfern gewesen sei. Er schaute mich ungläubig an, schwieg aber für einen Moment.

»So, wir zahlen jetzt.« Er hatte genug von diesen Neuigkeiten. *Aber warum sollte er nicht auch die Wahrheit wissen?* Der ganze Freundeskreis war über Jahre hinweg darüber informiert gewesen, wie schlecht die Ehe von Werner und Virginia verlief, die Leute im Ort wussten, dass sie ein Doppelleben führte. Nur wir nicht, wir sind seelenruhig mit ihnen in den Urlaub gefahren. Wie naiv wir beide doch gewesen sind.

In der Folgezeit meldete sich Matteo lange nicht bei mir. Und auch ich hatte nicht das Bedürfnis, mit ihm zu reden. Er schaffte sich eine andere Welt, ich schaffte mir meine. Und diese Welten mussten sich nicht mehr als nötig kreuzen.

Als ich eines Tages durch die Stadt bummelte, traf ich Nachbarn von Matteo. Sie erzählten mir, dass er und Virginia viel und laut stritten. Es schien nicht mehr so gut zu klappen zwischen ihnen.

»Warum bleibt sie denn weiter bei ihm wohnen?«, fragte ich erstaunt. Schulterzucken war die einzige Antwort, die ich bekam, bevor das Paar seines Weges ging. Es ließ mich kalt, jeder war schließlich seines Glückes Schmied, so auch Matteo.

27

Ein neuer Sommer kam ins Land. Ich hatte einige Kurzgeschichten geschrieben und unsere Literaturgruppe wurde zu Lesungen eingeladen. Matteo hatte es wohl in der Zeitung gelesen und es kam wieder die Bitte für ein Treffen. Wir begrüßten uns herzlich und ich dachte, dass er mich jetzt um die Scheidung bitten würde. Weit gefehlt.

»Ich habe die herzliche Bitte, wenn du keinen Partner hast, alles so zu lassen, wie es ist.« Ich staunte nicht schlecht. Ich nickte seine Bitte ab, mehr ging nicht.

»Habt ihr euch eigentlich ein paar andere Möbel gekauft und ein neues Bett?« Ich konnte mir beim besten Willen nicht vorstellen, dass eine Freundin sich in das ehemalige Ehebett einer anderen Freundin legte.

»Warum soll ich ein neues Bett kaufen, unser Bett ist doch in Ordnung?« Er verstand nicht, um was es mir ging. Ich hakte auch nicht nach. Aber das Gefühl von Primitivität der beiden setze sich bei mir fest. Für Virginia fühlte ich nichts als Verachtung und auch dass es Matteo nichts auszumachen schien, mit ihr unser Bett zu teilen, dass konnte ich nicht nachvollziehen. Doch er hatte sich verändert. Das spürte ich wieder. Auch wirkte er während unserer Treffen sehr fahrig und unkonzentriert. Er behielt die Summe unserer Rechnung nicht und ich musste ihm beim Bezahlen helfen.

»Ja, mit Zahlen habe ich es nicht mehr so«, sagte er dann entschuldigend zu mir. Was mir allerdings auffiel, er trug den gemeinsamen Ring nicht mehr, oder ist es Zufall gewesen?

Anschließend fuhr ich in unser Haus am Meer. Ich verbrachte dort einen schönen Sommer. Ich badete viel und lag auf der Terrasse und widmete mich meinen Büchern und meiner Schreiberei. Ließ einfach die Seele baumeln, wie man so schön sagt. Von Matteo hörte ich in dieser Zeit nichts.

Am Ende des Sommers fuhr ich nach Hause und bereitete eine Reise nach Thailand vor, die im Winter stattfinden sollte. Mit Matteo hatte ich vor Jahren eine Rundreise durch das ganze Land unternommen. Jetzt wollte ich einen Badeurlaub auf Ko Samui machen. Die Monate vergingen schnell und die Reise stand vor der Tür.

Nach einer Woche im Urlaub erhielt ich eine E-Mail von Tom mit der Botschaft: *Papa liegt mit lebensbedrohlichen Ausfällen in der Universitätsklinik. Er kann nicht laufen, spricht nicht und verweigert wohl auch das Essen. Das Schlimmste ist, er hat hohes Fieber und man findet die Ursache nicht. Ich habe es nur durch einen Zufall erfahren. Als ich bei Papa zu Hause anrief, sagte Virginia mir, dass er schon vor ein paar Tagen mit dem Notarzt in die Uniklinik gebracht worden war. Warum hat sie uns nicht verständigt?* Auch enthielt diese Mail die Telefonnummer der Station, auf der Matteo betreut wurde. Ich rechnete die Zeitumstellung um und rief an. Ich musste nach einer Stunde noch einmal anrufen, dann konnte der diensthabende Arzt mir Auskunft geben. Ich meldete mich mit unserem Nachnamen und der Arzt fiel mir sofort ins Wort: »Wir haben uns doch heute Morgen schon gesehen, warum rufen Sie mich an?«

Ich entschuldigte mich und erklärte, dass ich im Ausland und dass die Frau bei Matteo seine Lebensgefährtin sei, wir aber noch verheiratet wären und ein freundschaftliches Verhältnis hegten. Auch erwähnte ich, dass ich mir Sorgen machte und fragte, ob *ich* etwas tun könnte.

»Kann man ihn besuchen?«, erkundigte ich mich schließlich höflich. Am anderen Ende war zunächst Schweigen.

»Hallo!«, rief ich laut ins Telefon. Ich dachte, die Leitung wäre unterbrochen.

»Das ist eine ganz andere Situation für uns, Ihr Mann kann sich kaum äußern und wir sind auf die Angaben dieser Frau angewiesen.«

»Ich bin in Thailand, ich werde sofort zurückkommen und unser Sohn ist auch erreichbar.« Ich gab ihm Toms Handynummer, bedankte mich und legte auf.

Dass es noch keine Diagnose gab, das leuchtete mir ein.

Warum aber hat Virginia die Kinder nicht verständigt, dass es so schlimm um Matteo steht? Sie hätten ihn besuchen können, immerhin war er schon ein paar Tage in der Klinik. In diesem Moment kamen mir große Zweifel. *Was will sie damit erreichen, dass sie seine Familie in einem solch schwierigen Moment außen vor lässt? Dass sie mich nicht verständigt, das sehe ich noch ein, aber die Kinder zu benachrichtigen, das wäre ihre Pflicht gewesen.*

28

Es war ein ziemlicher Umstand, so kurzfristig einen Flieger nach Bangkok zu bekommen und dann weiter nach Frankfurt, aber ich schaffte es. Zwei Tage später war ich zu Hause. Nochmals rief ich in der Klinik an und besprach mit dem diensthabenden Arzt meinen Besuch. »Kommen Sie nur«, ermutigte er mich.

Ich fuhr in der Mittagsstunde hin, weil ich dachte, dass ich Matteo dann am ehesten antreffe und er keine Untersuchungen hat.

Ich klopfte zögerlich an die Zimmertür und betrat den Raum. Mein Blick fiel auf einen abgemagerten Matteo. Mein Magen krampfte sich zusammen. Ihn so schwach zu sehen, war nur schwer zu ertragen. Sein Gesicht war bleich und eingefallen. Neben ihm auf der Bettkante saß Virginia und half ihm beim Essen. Als sie mich sah, stieß sie ihm in die Rippen. »Guck mal, wer da ist!« Als Matteo mich erblickte, huschte ein kurzes Lächeln über sein Gesicht. Dann erstarrte er wieder über seinem Teller, aber er rührte nichts an. »Was willst du denn hier?«, fragte Virginia in ihrer schnippischen Art. »Ich möchte sehen, wie es ihm geht und fragen, ob ich Hilfestellung leisten kann.« »Was meinst du, was ich in der ganzen Zeit gemacht habe?«, bellte sie zurück. »Ist es verwerflich, Hilfe anzubieten, kann ich einen Moment mit Matteo alleine sprechen, würdest du bitte kurz rausgehen?«

Matteo reagierte nicht, er war einfach zu schwach und verstand die Situation überhaupt nicht. »Das geht nicht.« Sie wandte sich ab und tat so, als sei ich gar nicht mehr im Raum.

Warum soll ich mich auf dieses Niveau herablassen, ich wollte nur meine Hilfe anbieten, mehr nicht. Warum reagiert sie so herablassend, ja fast wütend auf mich? Nie habe ich mich in die Angelegenheiten der beiden gedrängt, ich dachte, sie wären zufrieden miteinander. Ich werde mir einen Besprechungstermin bei dem behandelnden Arzt besorgen, um die Umstände um Matteos Krankheit besser zu verstehen, beschloss ich in Gedanken und verließ das Krankenzimmer meines Mannes.

Auf der ganzen Heimfahrt weinte ich. Der traurige Zustand von Matteo machte mir zu schaffen. Auch dass ich nicht helfen, nichts tun konnte, war für mich schwer zu ertragen. Mir kamen die schönen Zeiten in den Sinn, als wir mit Virginia und ihrer Familie die Ferien verbracht hatten.

Das war jetzt alles weit weg, lag in der Vergangenheit, fast so, als hätte es nie stattgefunden.

In dieser Nacht schlief ich sehr unruhig. Immer wieder sah ich das Bild von Matteo, der zusammengesackt auf der Bettkante saß, vor mir und Virginia, die mich aus dem Krankenzimmer verwies. Virginia – meine Freundin, die Freundin mit dem Doppelleben.

Am Morgen meldete sich Tom bei mir und wollte Einzelheiten über seinen Vater erfahren. Ich schilderte ihm, wie es mir ergangen war und er war einfach nur sprachlos. Er fragte mich: »Warum hat Virginia mir nicht Bescheid gegeben, ich wäre sofort hingefahren. Papa braucht uns doch jetzt?«

»Ich weiß es nicht, Tom, es muss einen Grund haben, dass sie uns aushebelt.« Tom schlug vor, dass wir uns abends in der Klinik treffen sollten, wenn keine offizielle Besuchszeit mehr war, damit Virginia sicher nicht mehr bei ihm wäre. Ich versprach ihm, bei der Stationsschwester das Einverständnis einzuholen.

In dichtem Schneetreiben fuhr ich abends wieder in die Klinik. Tom wartete schon vor Matteos Krankenzimmer. Er wollte zunächst alleine mit seinem Vater reden und mich dann hereinholen. Ich setzte mich und eine lange Wartezeit begann. Eine Stunde kann so lang sein. Plötzlich ging die Tür auf. Tom kam leise heraus. Als ich aufstand, winkte er ab. »Es hat keinen Sinn, dass du jetzt noch einmal hineingehst. Papa ist müde und kann nicht mehr reden, aber das, was ich erfahren habe, ist unglaublich.« Es war unterdessen schon fast 22:00 Uhr. Wir verabschiedeten uns bei der Nachtschwester, die verständnisvoll nickte. Jetzt hatten wir Hunger und gingen in ein Restaurant. Tom erzählte mir, dass Matteo wenig über seinen Zusammenbruch berichten konnte, allerdings weit mehr darüber, dass er und Virginia schon lange nur noch eine Art Wohngemeinschaft hatten – ohne Nähe. Dass es oft Streit gab und die ganze Situation weit von einer harmonischen Partnerschaft entfernt war. Das waren Neuigkeiten, mit denen ich allerdings nicht gerechnet hatte.

Nun wollte ich einen neuen Anlauf zum Besuch

machen, fand es aber notwendig, dass ich mir vorher Informationen über den Gesundheitszustand von Matteo einholte. Ich bat den behandelnden Arzt um den zuvor bereits angeforderten Besprechungstermin, den ich einen Tag später endlich bekam. Er war ein freundlicher Mann mittleren Alters. Neugierig schaute er mich an, als ich sein Büro betrat, und stutzte für einen kurzen Moment. Der gedankliche Vergleich, den er jetzt mit mir und Virginia machte, stand ihm auf die Stirn geschrieben. Innerlich musste ich schmunzeln.

Er fragte mich, ob wir wirklich noch verheiratet seien, denn dann sei die Auskunftspflicht Virginia gegenüber eine ganz andere. Sie habe nie widersprochen, wenn man sie mit unserem Familiennamen angeredet habe. Kurz erklärte ich ihm die familiäre Situation und er nickte dazu. »Wir sind noch nicht ganz mit unseren Untersuchungen fertig. Ihr Mann hat wahrscheinlich eine Polymyalgia rheumatica, die oftmals von einer Vaskulitis begleitet wird.« »Was ist eine Vaskulitis?«, fragte ich vorsichtig. Er schaute mich besorgt an: »Unter dem Begriff Vaskulitis werden Erkrankungen zusammengefasst, bei denen es durch autoimmunologische Prozesse zu Entzündungen von Arterien, Kapillaren oder Venen kommen kann. Dadurch werden auch die versorgten Organe selbst geschädigt. Wie gesagt, wir sind noch nicht abschließend mit allen Untersuchungen durch, um dies eindeutig zu belegen und dann entsprechend therapieren zu können. Warten Sie noch ein paar Tage ab.« Ich bedankte und verabschiedete mich. *Das hört sich nicht gut an, wie wird diese Krankheit verlaufen? Aber die moderne Me-*

dizin ist weit, Entzündungen werden sie hoffentlich in den Griff bekommen, redete ich mir gedanklich Mut zu. Es war Besuchszeit. Ich entschied, nicht in Matteos Zimmer zu gehen, um eine erneute Konfrontation mit Virginia zu vermeiden. Als ich telefonisch um eine Besuchserlaubnis außerhalb unter normalen Umständen gestatteten Zeit bat, erfuhr ich, dass Matteo, wenn er keine Untersuchungen hatte, tagsüber zu Hause sein durfte und nur nachts in der Klinik schlief. Wie sollte ich denn jetzt damit umgehen? Mein Entschluss, nichts weiter zu unternehmen, war richtig.

Ein paar Tage später wurde er entlassen. Tom besuchte ihn zu Hause. Virginia wich nicht von seiner Seite. Nach all den Informationen über das Zusammenwohnen von Matteo und Virginia konnte Tom nicht offen mit seinem Vater reden. Außer dass Matteo stark abgenommen hatte, merkte man ihm keinerlei Veränderung an. Zunächst!

Über die Sorgen um Matteo durfte ich mein eigenes Leben nicht vergessen. Ich lebte meine strukturierten Tage und war zufrieden. Es waren immerhin schon sechs Jahre seit der Trennung von Matteo und mir vergangen. Virginia war ein Jahr später eingezogen.

Wie schnell doch die Zeit vergeht und wie sinnvoll ich sie genutzt habe, fuhr es durch meine Gedanken.

Einige Zeit nach seiner Entlassung aus dem Krankenhaus meldete sich Matteo, um mir mitzuteilen, dass er gerne meine neue Wohnung sehen und mit mir reden wolle. Er fragte, wann er kommen könne.

Zum verabredeten Termin stand er vor meiner Tür

und freute sich sichtlich. Ich zeigte ihm die Wohnung und wir tranken zusammen einen Kaffee. Welchen Zweck dieser Besuch hatte, war mir zunächst nicht klar. Die Frage nach seinem Befinden beantwortete er sehr schnell. Es ginge ihm gut, er werde die nächste Zeit schon meistern. Irgendwann würde es *pitsch* machen und er sei weg. »Was meinst du damit, was weißt du?«, fragte ich alarmiert. Mit einer Handbewegung deutete er an, dass er darüber nicht reden wolle. »Aber eine Bitte habe ich, ich will auf keinen Fall von Virginia gepflegt werden. Sie ist grob und lieblos. Du weißt ja, dass wir beide vorhatten, in die Seniorenresidenz zu gehen, die einen guten Ruf hat, auch was die Pflege anbetrifft.« Verwundert schwieg ich. Insistieren hatte keinen Sinn, das spürte ich und daher blieb ich still. Schweigend aßen wir unseren Käsekuchen, den ich gebacken hatte und den Matteo so gerne zum Kaffee aß. Es kam kein richtiges Gespräch mehr in Gang. *Oje, was wird die Zukunft bringen? Ich muss herausfinden, was er mit dem Pitsch gemeint hat.* »Gleich holt sie mich ab, ich gehe jetzt.« Er verabschiedete sich von mir mit der französischen Gepflogenheit, Küsschen rechts, Küsschen links. Das verschlug mir erneut die Sprache. Ich ging auf den Balkon und sah sein Auto mit Virginia am Steuer wartend. Das war das erste und das letzte Mal, dass sie bereit war, Matteo zu mir zu bringen.

Das Wort *Pitsch*, welches Matteo gebraucht hatte, ging mir nicht mehr aus dem Kopf. Mein Versuch, den Arzt in der Klinik zu erreichen, erwies sich als ziemlich schwierig. Schließlich gelang es doch noch, ein Telefonat mit ihm zu führen. Zunächst fragte ich nach der Gesamtdiagnose.

»Ihr Mann hatte eine Vaskulitis im Großhirn, die zum totalen körperlichen Zusammenbruch geführt hat. Kein Sprechen, kein Laufen. Das Gesamtbild der Krankheit einschließlich nicht zu klärender beginnender Demenz hat er nicht erst seit heute. Den Beginn kann man in den Zeitrahmen von vor zehn bis fünfzehn Jahren legen.« Ich horchte auf.

Dann zitierte ich den Satz von Matteo mit dem *Pitsch*.

»Ja, ich lese gerade in der Akte, dass Ihr Mann auch noch ein Aneurysma der Aorta ascendens hat. Eine Aussackung der Hauptschlagader am Herzen. Er darf auf keinen Fall mehr fliegen. Dabei ist die Gefahr sehr hoch, dass diese Aussackung der Hauptschlagader durch den veränderten Druck in der Höhe platzt. Wahrscheinlich meinte er das«, erwiderte der Arzt mir sehr freundlich. Dann sagte ich noch, dass Matteo sehr willenlos sei. »Nein, willenlos ist Ihr Mann nicht, er hat einen Willen, aber er kann ihn nicht mehr umsetzen.« Das waren keine guten Nachrichten. Er wünschte mir alles Gute, ich bedankte mich und beendete das Gespräch. Das hörte sich alles ziemlich katastrophal an. Es machte mich traurig, was ich da erfahren hatte, und ich fragte mich, ob Matteo sich dieser Gefahr auch wirklich bewusst war. Bei einem nächsten Treffen würde ich mit ihm darüber reden müssen. Ratlos saß ich vor meinem PC und schielte auf Google.

Als ich alles nachgelesen hatte, was der Arzt vorher berichtete, bekam ich eine Gänsehaut. *Wie wird es mit ihm weitergehen? Was konnte ich* tun*? Nichts*! Er lebte mittlerweile recht oder schlecht mit Virginia zusammen. Nie hatte ich mich in ihre Beziehung gedrängt und würde das auch jetzt nicht tun. Es war nun an ihr, ihn angemessen zu versorgen. *Doch tat sie das auch?*

29

Als Tom am Wochenende seinen Vater besuchte, berichtete er mir, dass Matteo ihn nach meiner Telefonnummer gefragt habe, seine großgedruckte Liste sei verschwunden. Tom druckte ihm eine neue aus. Das normale Telefonbuch, normal große Schriften konnte er schon lange nicht mehr lesen, auch mit Lupe nicht. Tom druckte ihm alles ganz groß aus, damit er zurechtkam und die Kontakte nach außen weiter bestehen blieben. Als er seine Liste wieder lesen konnte, rief er mich an, er sei alleine, ob ich nicht vorbeikommen könnte.

Ich fuhr zu ihm hin, klingelte und in der Tat war Matteo alleine und holte mich in unsere frühere gemeinsame Wohnung, die ich vor fast sieben Jahren verlassen hatte. Es war das erste Mal, seit ich ausgezogen war. Nichts hatte sich verändert, es war alles noch an seinem Platz, wie ich es verlassen hatte. *Donnerwetter, wie hält man das denn aus, wenn man in einer Wohnung lebt und noch nicht mal seine persönlichen Dinge einbringen kann? Warum erträgt Virginia das?* Matteo bot mir ein Glas Wasser an. Dreimal ging er in die Küche und wusste nicht mehr, was er dort wollte. Seine Vergesslichkeit war erschreckend, aber was mir mehr zu schaffen machte, war die Tatsache, dass er weiter abgenommen hatte. Er sah sehr schlecht aus. Ich fragte ihn, ob er Medikamente nehmen und wie er medizinisch jetzt betreut würde. Seine Antwort war ausweichend, er wolle den Verlauf der Krankheit selbst verfolgen. Er wisse schon, was zu tun sei.

Wieder dachte ich, er lebte nun mit Virginia zusammen, es war ihre Aufgabe, sich um sein Wohlergehen zu kümmern. In erster Linie auch, was seine Ernährung anging, damit er nicht weiter an Gewicht verlor. Wir plauderten noch ein wenig und dann fuhr ich wieder nach Hause. Was ich soeben erlebt hatte, sprach nicht für eine intakte Partnerschaft zwischen den beiden. Es ging mich nichts an. Matteo musste selbst wissen, wie er sein Leben gestaltete.

Nach diesem Besuch kam die Meldung von den Kindern bei mir an, Matteos Telefonlisten seien wieder verschwunden und Virginia und er würden verreisen. Mit dem Flieger. Nun ergriff ich die Initiative und rief an. Virginia war am anderen Ende der Leitung.

»Hallo«, so meldete sie sich immer, dass man sich mit dem eigenen Namen meldete, das war immer noch nicht bei ihr angekommen, schon gar nicht, wenn man an ein Telefon ging, das von unterschiedlichen Personen und mit unterschiedlichen Nachnamen genutzt wurde. Ich nannte meinen Namen und fragte nach Matteo. »Der schläft, mit dem kannst du nicht reden.«

»Dann rufe ich später noch mal an, vielen Dank.« Ich drückte nachdenklich den Knopf meines Telefons und beendete die Verbindung.

Sehr freundlich ist sie ja nicht zu mir, obwohl ich ihr nichts tue und wenn sie meint, Matteo und ich gingen genauso um wie sie mit ihrem Mann, nämlich nur schreiend und tobend, dann hat sie sich geirrt.

Es ließ mir keine Ruhe. Zwei Stunden später probierte ich es erneut.

»Hallo«, kam es vom anderen Ende. Ich verlangte Matteo zu sprechen.

»Das geht jetzt nicht«, bekam ich abermals zur Antwort.

Im Hintergrund hörte ich Matteo fragen: »Was geht nicht?«, gefolgt von einem: »Ja hallo, wer ist denn da?« Ich erkannte die Stimme meines Mannes.

»Ich bin es«, sagte ich erstaunt, »ich würde gerne mal kurz mit dir reden, ich habe gehört, dass ihr eine Flugreise machen wollt, stimmt das?«

»Ja«, hörte ich nur und ein undeutliches Geflüster im Hintergrund.

»Bist du dir darüber im Klaren, dass du nicht fliegen darfst bei diesen Diagnosen? Du hast mir selbst vom dem *Pitsch* erzählt.« An seiner verstörenden Antwort merkte ich, dass er nicht wusste, was ich meinte, *ob er das auch schon vergessen hat*?

Virginia kannte doch die Diagnosen, sie ist doch in der Klinik gewesen, man hat ihr das sicher erklärt.

Dennoch fliegt sie mit ihm! Wie verantwortungslos ist das denn? Ich hörte ein Rascheln am anderen Ende. »Ich muss jetzt Schluss machen.« Und weg war er. Ich war vollkommen ratlos. Aber die Realität war doch ganz klar: Matteo zahlte ihre Reisen, wenn er nicht mehr reisen konnte, dann konnte Virginia auch nicht mehr reisen. So setzte ich einen gedanklichen Baustein an den anderen in meinem Kopf zusammen. Damit nahm sie in Kauf, dass ihm etwas passierte. Wie ungeheuerlich und eiskalt. *Was sollen wir machen? So lange sie bei ihm lebt, haben wir keinerlei Einfluss auf ihn. Er scheint seine Situation nicht zu erfassen*, begannen die Zweifel und Gedanken an mir zu nagen.

Ich ging erst mal meiner Wege, doch begab mich zugleich in eine Art Habachtstellung.

30

Nach ein paar Wochen erfuhr ich, dass Matteo wohlbehalten die Flüge überstanden hatte. Allerdings musste es einen Zwischenfall auf einem Bahnhof gegeben haben. Als sie den Bahnsteig wechselten, konnte Matteo nicht so schnell laufen und Virginia lief ihm weg. Er kam alleine in Menschenansammlungen schon immer schlecht zurecht. Dieses Mal schien er wohl in Panik geraten zu sein. Ein Mitarbeiter der Bahn behielt ihn bei sich, bis Virginia zurückkam und ihn zum richtigen Bahnsteig führte. Alleine schaffte er das schon lange nicht mehr, weil er die Anzeigen nicht lesen konnte und somit ständig in Panik geriet.

Kopfschüttelnd nahm ich diese Information entgegen. Wichtig war, dass er heil wieder zu Hause angekommen war. Ich empfand starkes Mitleid für ihn.

Wieder kam ein Anruf, ob ich nicht sofort vorbeikommen könnte. »Ist etwas passiert?«, fragte ich. »Nein, ich bin nur schon den ganzen Tag allein.« Meinen Weg zu ihm fuhr ich in fünfundzwanzig Minuten. Er stand wartend an der Haustür und lächelte, als er mich sah. Ich stieg aus meinem Auto und wir begrüßten uns. Sein Pullover war durchlöchert, als wäre er irgendwo an einem Draht hängen geblieben. Ich wies ihn darauf hin. »Sieht nicht so toll, das muss mal genäht werden.« »Ach, das ist mir noch gar nicht aufgefallen. Gut, dass du es sagst.« Wir gingen in die Wohnung, redeten ein wenig. Es tat ihm gut, Gesellschaft zu haben. Als er auf die Uhr schaute, wurde er unruhig. »Soll ich gehen?«, fragte ich schließlich. »Ja, die kommt bald wieder.« »Aber das ist doch immer noch deine Wohnung, du kannst doch einladen, wen du möchtest?« Er antwortete nicht.

Matteo begleitete mich aus dem Haus und just in diesem Moment fuhr Virginias Auto vor. Hektisch stieg sie aus.

»Schleichst du dich jetzt hier ein?«, fragte sie in ihrer bissigen Art. Ganz ruhig antwortete ich ihr: »Ich habe es nicht nötig, mich hier einzuschleichen.« »Nein, das hat sie nicht«, pflichtete Matteo mir bei und brachte mich bis an mein Auto, wo wir uns verabschiedeten. Ich hörte noch, wie er hinter Virginia herrief: »Damit du das weißt, sie kann kommen, wann immer sie will, aber ich habe sie angerufen, damit sie kommt!« Die Luft war zum Schneiden dick.

Auf dem Nachhauseweg fragte ich mich, ob er überhaupt genug zum Essen bekam. Sie war wohl den ganzen Tag über fort gewesen. Es war erschreckend, mit ansehen zu müssen, wie er weiter abmagerte.

31

Der nächste Tag war ein Sonntag und um Punkt neun Uhr meldete sich mein Telefon. Etwas ungewöhnlich früh an einem Sonntag, ich hatte Angst, dass irgendjemandem etwas passiert war. »Ich wollte mich für gestern entschuldigen.« Es war Virginias Stimme.

»Es ist gut, dass du anrufst, wir müssen uns zusammensetzen und überlegen, was zu tun ist. Matteo geht es nicht gut, er ist im Alltag und vor allem medizinisch unterversorgt«, antwortete ich ihr.

»Er will nicht zum Arzt!«, keifte sie mir entgegen.

»Dann müssen Tom oder ich mit ihm reden, er kann nicht ohne ärztliche Behandlung bleiben. Er ist krank.« Am anderen Ende war nichts mehr zu hören. »Virginia, Virginia!«, rief ich laut und aufgeregt ins Telefon. Sie hatte sich davongeschlichen, ohne einen vernünftigen Vorschlag zu machen. Verzweiflung machte sich in mir breit. Sie blockte ab – wann immer wir anriefen, bekamen wir Matteo unter fadenscheinigen Ausreden nicht ans Telefon, und dass er mich anrief und mich ab und zu bat, vorbeizukommen, das passte ihr auch nicht. Irgendwie konnte ich das sogar verstehen, aber dann sollte sie ihn nicht tagsüber alleine lassen. Dann würde er mich auch nicht anrufen. Ihre Partnerschaft ging mich nichts an, aber ich fühlte Verantwortung für Matteo, dem es sichtlich immer schlechter ging. Er wusste, dass ich mich um ihn kümmern würde, wenn er mich brauchte, das hatte ich ihm gesagt. Ob er es verstanden hat, das war mir nicht klar. Mehr konnte ich in diesen Momenten nicht für ihn tun.

Meine eigenen Ziele wollte ich nicht verlieren und meine Entscheidung, eine Marokko-Rundreise zu planen, machte mir Spaß und bald schon kam der Tag der Abreise. Die Reisegruppe war überschaubar mit einem angenehmen, freundlichen Reiseleiter, ein Ethnologe, der uns sehr viele Kenntnisse vermittelte und uns das Land verständlicher machte.

Meine Begeisterung steigerte sich immer mehr, je tiefer wir ins Landesinnere kamen. Die Königsstädte Fès, Meknès, Rabat und Marrakesch präsentierten sich mit einer unglaublichen Vielfalt an wunderschönen Gebäuden. Die quirligen Souks hatten es mir angetan und viele Ladenbesitzer luden uns in ihre Läden zum Tee ein. Die unterschiedlichen Handwerksarten – von der Schmiede bis zur Gerberei – machten mich neugierig. Mit bunt gewebten Mustern versehene Stoffe konnte man kaufen oder kunstvolle Kupferlampen, die es so nur in Marokko gab. Die zahlreichen Schneider wollten uns ihre Kleidungsstücke verkaufen, die aber nicht in unser westliches Bild passten. Im Dadèstal erfuhren wir viel über die Bewässerungsarten der Oasen. Es wurden kleine Gräben gezogen, durch die das Wasser fließen konnte. Es verlor sich in einem Feld. War dieses Feld ausreichend gewässert, wurde der Graben gesperrt und eine Umleitung zum nächsten Feld gegraben. Eine simple, aber effektvolle Lösung. Überall plätscherte es bei unserem Spaziergang und ein circa zehnjähriger Junge begleitete uns. Geschickt fertigte er aus schmalen Schilfbändern kleine Kamele und bot sie uns an. Natürlich kauften wir sie ihm gegen einen winzigen Obolus ab und wurden mit einem Strahlen seinerseits belohnt. Das war es uns wert.

Die mächtigen Lehmburgen der Berber faszinierten mich und wir erkundeten sie immer mit der Frage: Wie haben die Menschen darin nur gelebt?

Es gibt heute noch Nomaden. Wir beobachteten eine Nomaden-Familie, die ihre Schafherde zu einem Parkplatz trieb. *Was gibt das*?, fragte ich mich. Ein Teil der Herde wurde auf einen Pick-up geladen und abtransportiert. Auf den Rest der Tiere passten die Kinder der Familie auf. Nach einiger Zeit kam der Pick-up wieder und es wurden weitere Schafe aufgeladen. So beobachte ich das mehrfach, bis die ganze Herde samt Familie verschwunden war. Das schien die moderne Art der Nomaden zu sein, mit ihren Schafherden zu wandern. Belustigt diskutierte die Gruppe darüber. Ein seltsames Erlebnis.

Den Höhepunkt dieser Reise bildete jedoch Marrakesch. Die Gruppe wohnte in einem Riad im maurischen Stil in der hiesigen Medina. Es war nicht einfach, im Wirrwarr dieser Gassen unsere Unterkunft wiederzufinden, wenn man einen Ausflug zu Fuß gemacht hatte. Die Durchlässe waren so eng und verwinkelt, dass noch nicht einmal die Fahrt mit einem Taxi möglich gewesen wäre.

Mein Zimmer hatte das Flair von *Tausend und einer Nacht*. Ich war einfach nur entzückt. Im Innenhof plätscherte ein Brunnen und verbreitete angenehme

Kühle. Abends schlenderten wir über den weltbekannten Platz *Djemaa el Fna* – ein besonderes Erlebnis. Gaukler, Feuerschlucker, Schlangenbeschwörer, Akrobaten, Wasserverkäufer trieben sich umher und hofften auf gute Einnahmen. Es gab vom Wundermittel bis zum Gebiss alles zu kaufen. Sogar ein Märchenerzähler scharte viele Touristen um sich. Diese Art der Unterhaltung war kein klassischer Touristenköder. Dort wirkte es authentisch, und ich hoffte, dass es noch lange so blieb. Wo sonst stolperte man heutzutage noch über dösende Esel, Mopeds und schlafende Schlangen?

Diese vielen Eindrücke verdrängten die Krankheit von Matteo aus meinem Kopf. Es war eine willkommene Abwechslung, um endlich mal wieder durchzuatmen und Kraft zu sammeln. Doch der Tag der Abreise rückte näher und die Wirklichkeit hatte mich bald wieder fest im Griff. Tom berichtete mir, dass er mit seinem Vater in einem Restaurant gewesen sei und dass dort plötzlich die Unterhaltung stockte, weil Matteo blitzartig Fakten aus der Vergangenheit erzählte, die nicht Gegenstand des eigentlichen Gesprächs waren. Es dauerte eine Zeit lang und er kam zurück in die Gegenwart. Tom war bestürzt über diesen Vorfall. Er berichtete weiter, dass er den Eindruck gehabt habe, dass sein Vater sich plötzlich in eine andere Welt begeben hätte und dann wenige Sekunden später wieder *anwesend* war.

Lea, die im Ausland lebte, besuchte ihren Vater auch. Sie war entsetzt über seinen Zustand. Aber alle Versuche ihrerseits, mit Virginia darüber zu reden, liefen ins

Leere. Wir verstanden nicht, warum Virginia Gespräche vermied und wohl ihrer eigenen Wege ging und dennoch weiterhin bei Matteo wohnte. Zu Lea sagte Matteo allerdings einmal, dass er versucht habe, Virginia zum Ausziehen zu überreden, aber sie habe nur geantwortet, sie wisse ja nicht, wohin sie sollte.

Genau in diesen Tagen rief mich ein langjähriger Freund und Kollege von Matteo an und wollte sich mit mir treffen. Er habe Informationen für mich, die nicht so prickelnd seien, mich aber dennoch sicher interessierten, sagte er mir.

Wir trafen uns in einem Café in der Stadt und er fragte mich, ob wir noch verheiratet seien. Ich erklärte ihm die Situation und dass wir einen Ehevertrag zur Gütertrennung abgeschlossen hatten. Er erzählte mir, als er Matteo einmal zu einem Treffen abgeholt habe, habe dieser ihn nach einem Rechtsanwalt gefragt, Virginia habe darauf bestanden.

Der Freund befragte ihn, ob er ihr etwas vermachen wolle. Daraufhin schüttelte Matteo vehement den Kopf und der Freund beschwor ihn ganz eindringlich, er solle nichts unterschreiben, auch keine vorgeschriebenen oder diktierten Texte. Nichts!

Mir lief es eiskalt über den Rücken! Ihre Absicht war nun klar zu erkennen. Mir konnte sie nichts wegnehmen, aber das Erbe der Kinder würde angegriffen werden. Der Freund kommentierte das Ganze mit: »Da hat er sich was ins Haus geholt und ihr seid doch über Jahre befreundet gewesen, oder?«

Wir gingen ratlos auseinander. Den Kindern berichtete ich von diesem Treffen. Sie mussten wissen, was da im Gange war, aber machen konnten und wollten sie nichts.

Wenn Tom mit Matteo ins Restaurant ging, kam ich nun immer dazu. Wir beobachteten Matteo und versuchten, ihn zu überreden, sich einer ärztlichen Untersuchung zu unterziehen. Er wich dem geschickt aus und meinte, dazu sei es jetzt sowieso zu spät. Fragend schauten wir ihn an und verstanden nicht, was er damit meinte. Wie aus heiterem Himmel, ohne einen Zusammenhang zum laufenden Gespräch, äußerte er den Wunsch, Weihnachten mit uns zu feiern. Tom und ich schauten uns verdutzt an. »Ich kümmere mich darum, ich werde mit Virginia reden«, sagte Tom schließlich zu seinem Vater und blickte ihn erwartungsvoll an. Matteo strahlte. Wir hatten schon lange erkannt, dass er seine Wünsche und Dinge nicht mehr selbst regeln konnte. Seine Bitte an uns musste Tom klären. Er selbst war nicht mehr dazu in der Lage. Da fiel mir wieder der Satz des Arztes ein: *Ihr Mann hat schon noch einen Willen, aber er kann ihn nicht mehr umsetzen.* Mit gemischten Gefühlen fuhr ich nach Hause. Tom brachte Matteo in seine Wohnung, Virginia war nicht anwesend.

32

Wir planten, die Feiertage mit Matteo in den Alpen zu verbringen. Die Suche nach einer großen, gemütlichen Ferienwohnung war nicht einfach. Doch manchmal hat man auch Glück.

In einem einstündigen Telefonat erklärte Tom Virginia den Wunsch seines Vaters, Weihnachten mit uns zu verbringen. Virginia spielte die Rolle der empörten Partnerin und wehrte sich dagegen, dass Matteo mit uns in die Alpen fahren wollte. Sie sei dagegen und er bleibe bei ihr. Wenn man ein Paar sei, dann müsse man auch die Feiertage zusammen verbringen. Letztlich wurde verabredet, dass Tom seinen Vater am Heiligen Abend um zehn Uhr morgens abholen würde. Sie hatte klein beigegeben. Vorerst.

Zwei Tage vor dem Heiligen Abend packte ich mein Auto mit Dingen, die uns den Aufenthalt angenehm und gemütlich machen würden. Auch einen kleinen Baum hatte ich eingeplant. Es sollte ein schönes Fest werden – mit neuen Perspektiven für uns alle.

Ob das gut gehen würde, was wir da vorhaben? Es ist Matteos Wunsch gewesen, dachte ich, als ich losfuhr.

Fünf Stunden dauerte die Fahrt bis zu meinem Ziel. Ich fand alles vor, wie es im Prospekt beschrieben stand. Der Tiefgaragenplatz schützte mich beim Auspacken vor den Schneemassen, die gerade vom Himmel schwebten. Die Wohnung lag im Dachgeschoss.

Der freie Blick auf das Gebirge war einmalig. Beim Anblick des Kamins wurde mir richtig warm. Es würde ein
schönes Fest werden. Unser Menu am Abend würde
aus Sauerbraten, Rotkohl, Klößen und als Nachtisch
aus einem Obstsalat mit Grand Marnier bestehen.
Matteo liebte Sauerbraten.

Am Nachmittag traf dann der Rest der Truppe ein. Matteo, Tom und Toms Freundin. Zögernd betrat Matteo
die Wohnung. Man merkte, dass er sich in fremder
Umgebung schwertat. Er schaute sich um und uns fragend an. Tom führte ihn, zeigte ihm sein Zimmer und
dann gab es gab Kaffee und Kuchen. Plötzlich war eine
muntere Plauderei im Gange. Wieder fiel uns auf, dass
Matteo aus dem laufenden Gespräch in eine andere
Gedankenwelt abtauchte. Es dauerte einen Moment,
bis er wieder präsent war. Tom und ich schauten uns
besorgt an. *Was hat er, was ist das?*
  Der Sauerbraten schmurgelte im Ofen. Als es dunkel
wurde, zündeten wir die Lichter an unserem kleinen
Weihnachtsbaum an und tauschten Geschenke aus.
Es tat weh, Matteo hatte nichts für uns und als er es
bemerkte, sagte er wehmütig: »Ich habe nichts, denn
ich kann nicht mehr einkaufen gehen!« Es kam nicht
auf die Geschenke an. Die Tatsache, dass er das nicht
mehr konnte, war dennoch bitter. Eine Zeit lang unterhielt ich mich mit ihm über seine vergangenen politi-
schen Jahre. Das bereitete ihm sichtlich Freude, zumal
es unsere gemeinsame Vergangenheit gewesen ist
und ich ihn an viele Erlebnisse erinnern konnte, die er
dann aufgriff und weiter ausführte.

Das Abendessen stand auf dem Tisch. Der Sauerbraten, das Rotkraut und die Klöße. Wir langten alle kräftig zu, draußen schneite es. Matteo hatte einen guten Appetit. Während er aß, glitt er wieder ab in seine Welt. Er ließ das Besteck liegen, starrte vor sich auf den Teller und schwieg, um sich eine Weile danach wieder an den Gesprächen am Tisch zu beteiligen.

Nach dem Essen standen wir am Fenster und schauten den tanzenden Flocken zu. Die Familie war zum Teil wieder vereint. Lea musste arbeiten und Lilly reiste gerne zur Weihnachtszeit mit ihrem Partner durch die Welt.

Ich schlief recht tief in dieser Nacht und bekam nicht mit, dass Matteo durch die Wohnung wanderte, nicht wissend, was er tat. Tom hatte ihn eingefangen und an sein Bett begleitet. Bitter erkannten wir, jetzt in diesen Weihnachtstagen, in denen wir länger mit ihm zusammen waren, dass er kränker war, als es uns bisher bewusst gewesen war. Die feinmotorischen Fähigkeiten fehlten fast ganz. Er bekam seine Gürtelschnalle alleine nicht mehr zu, mit dem Besteck hatte er Schwierigkeiten – Fleisch zerteilen, das ging nicht mehr. Wir waren bestürzt und ratlos. Unfähig, miteinander zu reden, um nach einer Lösung zu suchen, vergingen die Tage. Tom brachte seinen Vater nach Hause und somit zu Virginia, die es nicht für notwendig erachtet hatte, uns zuvor auf den schlimmen Zustand von Matteo aufmerksam zu machen und ärztlichen Rat zu suchen. *Wie sollte es jetzt weitergehen?*

Diese Frage nahm Matteo uns ab. Auf der Rückfahrt äußerte er den Wunsch, dass er so schnell wie möglich aus seiner Wohnung in das Seniorenstift ziehen wollte, das ihm gut bekannt war. Ihm war selbst bewusst, dass er eine Rundumbetreuung brauchte. So ganz nebenbei fiel auch der Satz: »Ich will nicht mehr mit dieser Frau leben.« So berichtete es mir Tom jedenfalls.

Nun sah ich endlich die Möglichkeit, ihn zu überreden, sich einer ärztlichen Untersuchung zu stellen, und er stimmte sogar zu. Er bat uns, alles in die Wege zu leiten.

Er hatte Glück. Eine sehr schöne Wohnung war frei. Tom redete mit Virginia. Ich verhandelte mit einem Umzugsunternehmen und Matteo stellte sich genau vor, welche Möbel er mitnehmen würde. Als sein Auszugstermin feststand, bat er darum, dass er sofort ausziehen könne, er brauchte Hilfe. Die zeitlich frühere Organisation klappte problemlos. Als der Tag des Auszugs kam, wollte Matteo sich von Virginia verabschieden und hielt ihr die Hand hin. Tom stand dabei. Sie fragte: »Wie zeigt sich die Familie denn jetzt erkenntlich?« Weder Tom noch Matteo reagierten zunächst. Plötzlich fragte Matteo: »Wo ist der Besteckkasten, den wir gekauft haben? Wir haben ihn nicht gefunden, den möchte ich gerne mitnehmen.« Die knappe, schnippische Antwort lautete: »Den habe ich bezahlt, der ist weg.« Sie drehte sich um und ging, ohne Matteos Gruß zu erwidern oder ihm die Hand zu reichen. Das war das Ende einer Verbindung, die ausschließlich einem ganz bestimmten Zweck gedient hatte: sich zu bereichern.

33

Der Ortswechsel bekam Matteo sichtlich gut. Wenngleich man ihn immer zum Essen führen musste und er nachts auch dort ziellos durch das Haus irrte. Jetzt waren Pflegekräfte da, die ihn medizinisch richtig versorgen konnten. Ein Arzt würde auch regelmäßig zur Visite kommen.

Einmal bestand Matteo darauf, dass ich mit ihm zur Rezeption ging – er wollte Virginia Hausverbot erteilen lassen. Er wollte mit ihr und ihrer ganzen Familie nichts mehr zu tun haben. Mit Staunen nahm ich diese Information kommentarlos entgegen. Er freute sich offenkundig, dass er nun in der Geborgenheit von kompetenten Pflegern war und fühlte sich wohl. Meine Besuche erfreuten ihn ebenfalls. In seinen wachen Momenten führten wir klärende Gespräche, die er anstieß, die ich so nicht erwartet hatte, aber auch hier tauchte er immer wieder für Minuten in seine eigene Welt ab. Er schaute mich an, als wisse er nicht, wer ich sei, und schwieg, bis er den Faden wieder aufnahm und weiterredete.

Beim Auspacken der Bücherkisten war er in Lage, genau zu entscheiden, welches Buch wohin im Regal zu stellen sei. Bei manchen Büchern erzählte er mir den Inhalt. Dann hielt er inne und wollte sich auf einen Stuhl setzen, der gar nicht vorhanden war. Die Pflegedienstleitung stellte mir in der Folgezeit immer öfter Fragen, die ich nicht beantworten konnte, weil ich in den letzten Jahren nicht mit ihm gelebt hatte.

Es war eine skurrile Situation. Man war sehr besorgt, dass er weiter an Gewicht abnahm und immer dünner wurde. Seine Nahrungsaufnahme wurde schließlich streng kontrolliert. Es war sehr wenig, was er zu sich nahm, dennoch genug, um nicht weiter abzumagern.

»Das mit mir, das ist ein abgekartetes Spiel gewesen, von der ganzen Familie.«

»Was meinst du?«, fragte ich erschrocken.

»Virginia, ihre Mutter ist eine Zigeunerin und der Schwiegersohn ein Mafioso!«, antwortete Matteo kopfnickend. Ich schaute ihn an und versuchte, herauszufinden, ob er fantasierte oder ob es einer seiner klaren Momente gewesen war. Er war ganz klar, vollkommen anwesend mit seinen Sinnen und ich erschrocken über diese Äußerung. Hinterfragen wollte ich nicht, was hätte das gebracht? »Wir machen uns noch zehn schöne Jahre und im Sommer fahre ich mit dir nach Frankreich.« Ich schluckte, schaute ihn an und erwiderte: »Ja, und im Sommer nehme ich dich mit nach Frankreich.« In meinem Gehirn bohrte folgender Gedanke: *Wie soll ich nach diesen Trennungsjahren den Schalter plötzlich wieder auf Ehefrau umstellen?* Doch er freute sich. Diese Freude ließ ich ihm ganz einfach. *Das Schicksal würde uns unseren Weg schon zeigen,* dachte ich.

34

Der Wegweiser Schicksal wies uns schon am nächsten Tag die Richtung. Als ich an der Rezeption des neuen Zuhauses von Matteo vorbeiging, rief mich die Mitarbeiterin zu sich. »Bitte melden Sie sich bei der Pflegedienstleitung.«

»Ist etwas passiert?«, fragte ich erschrocken. Die freundliche Dame senkte den Kopf und nickte. Zögerlich klopfte ich an die Tür der zuständigen Pflegerin und betrat den Raum. Sorgenvoll blickte mich eine sonst so fröhliche Frau an. »Bitte, setzen Sie sich, ich habe keine guten Nachrichten für Sie. Ihr Mann hatte wohl einen weiteren Schub seiner Krankheit, die wir alle nicht kennen, weil er über einen langen Zeitraum keine ärztliche Hilfestellung hatte. Er ist aggressiv gegen das Service-Personal geworden, er ließ sich nicht beruhigen. Er muss medikamentös neu eingestellt werden. Das können wir hier nicht leisten, ich musste ihn mithilfe eines Arztes in die Psychiatrie einweisen lassen. Er ist nun in einer geschlossenen Abteilung, auch weil er sich selbst und andere gefährden kann. Er hat sich nicht mehr unter Kontrolle.« Irgendwie hoffte ich, endlich aufzuwachen, damit dieser Albtraum schnell vorbeiging. Ich wachte nicht auf. Ich stand vollkommen neben mir. Die Pflegerin holte mir einen Kaffee und redete mir Mut zu. Meine Tränen taten mir gut, eine mir vollkommen fremde Frau legte den Arm um mich und erklärte mir, wie man ihn dort behandeln konnte. Sie gab mir eine Telefonnummer und wir verabschiedeten uns voneinander. Mitfühlend sah sie mich an, als ich ging.

Sofort rief ich in der Klinik an. Man teilte mir mit, dass man Matteo mit sehr starken Mitteln ruhiggestellt hatte und er nun schliefe. Ich könne ihn am nächsten Tag besuchen.

Gleich morgens fuhr ich hin. Ich musste klingeln, um Einlass zu bekommen. Die Eingangstür knarrte bedrohlich. Eine freundliche Schwester führte mich zu Matteo, der zusammengesunken in einer Art Fernsehsessel saß, seine Hände gefaltet auf einem Tischchen, das ihn daran hinderte, aufzustehen. Er blickte starr vor sich auf den Tisch. Eine Frau, die sich mir als Richterin des hiesigen Amtsgerichts vorstellte, begrüßte mich sehr nett. Sie versuchte, Informationen von Matteo zu bekommen, aber er reagierte nicht. So erklärte sie mir, dass Matteo stundenweise fixiert werden müsse, da die Schwestern nicht pausenlos an seiner Seite sein und ihn überwachen könnten. Mit dem Wort *Fixieren* hatte ich mich im anderen Sinn schon beschäftigt, aber nicht, dass ein Mensch fixiert, also angebunden wird.

»Ja, ich verstehe, dennoch sollte ich mit einem Arzt sprechen«, sagte ich zu ihr. Sie nickte und machte ihre Notizen. Dann ging sie, verabschiedete sich zuvor freundlich von Matteo und mir. Nach einiger Zeit erschien eine Schwester und teilte mir mit, dass Matteo sehr renitent sei. Die Medikamente würden nur bedingt greifen.

»Kann ich mit einem Arzt sprechen?«, fragte ich ratlos.

»Ja, ich gebe Bescheid«, antwortete sie und war kurz darauf wieder verschwunden. Ich versuchte, Kontakt mit Matteo aufzunehmen. Ich nahm seine Hand in meine. Kurz schaute er auf, lächelte, um dann wieder in seine Welt abzutauchen. Er nahm mich nicht wirklich wahr. Dann schlief er ein. Die Infusion, die man ihm gelegt hatte, war aufgebraucht. *Wo war das Schwesternzimmer?* Ich stand auf und suchte es. Auf mein Klopfen reagierte niemand, so öffnete ich die Tür und sah eine Schwester an einem PC sitzen. Sie sah noch nicht einmal auf, um zu schauen, wer den Raum betreten hatte.

»Hallo, guten Tag, ich möchte Sie nur darauf hinweisen, dass die Infusion meines Mannes leer ist.«

»Komme gleich.«

Ich setzte mich wieder zu Matteo. Bis zu diesem Moment hatte mir noch niemand sein Zimmer und sein Bett gezeigt. Die Tasche mit den Kleidungsstücken stand neben mir. Nun schaute ich mich um, die anderen Patienten liefen in dem riesigen, langen Flur auf und ab. Eine grauhaarige hagere Frau zwängte sich ständig hinter Matteos Sessel und dem Fenster hindurch. »Bitte, gehen Sie«, sagte ich freundlich. »Das stört doch, was Sie da machen.« Mit wirrem Blick schaute sie mich an und ging davon, um ein paar Minuten später das gleiche Spiel wieder zu beginnen. Es war lästig. Dass diese Frau krank war, das sah man ihr an, deshalb ließ ich sie letztlich gewähren. Ihr Blick, ihre Gebärden bei jeder Bewegung waren schmerzlich anzuschauen. Dann kam eine der Schwestern und scheuchte sie regelrecht fort. Es schien der Kranken nichts auszumachen. Wieder ruhte ihr wirrer Blick auf mir. »Nun bringen wir Ihren Mann in sein Zimmer und legen ihn hin. Er ist müde.«

Matteo erhob sich, er war schwach und konnte kaum laufen, aber mit der Unterstützung der Schwester und mir ging es gerade noch so. In einem Arm hielt ich Matteo und mit der anderen Hand schob ich den Tropf, mit dem er verbunden war und der nun wieder unaufhörlich tropfte. Die Tasche hatte ich mir über die Schulter geworfen.

»Ihr Mann bekommt sehr starke Medikamente, die er dringend braucht, er ist sehr aggressiv. Ist er früher auch aggressiv gewesen?« Ich verneinte vehement. »In den nächsten Tagen wird er ruhiger werden!«

Sie betrat mit uns ein Vierbettzimmer.

»Haben Sie keine kleineren Zimmer? Mein Mann hat eine Zusatzversicherung für ein Einzelzimmer!«

»Nein, das haben wir hier nicht!«

Wir wollten ihn auf sein Bett setzen. Es war zu hoch und ließ sich nicht verstellen.

»Oh«, meinte die Schwester, »da muss ich unseren Techniker holen, die Betten sind alt und das passiert schon mal.«

Ich erstarrte fast. *Eine Klinik, in der Techniker die Betten verstellen müssen, weil sie zu alt sind*, unfassbar, dachte ich. Sie lief zum Telefon und wir warteten. Es dauerte zu lange und wir hievten Matteo selbst auf das Bett, das wohl irgendjemand so hoch eingestellt hatte, dass man sich nicht normal hinsetzen konnte, geschweige denn legen.

»Ach ja, das machen die Patienten aus Langeweile, das gibt es auch hier.«

Was ist das hier?, überlegte ich traurig. Zwei weitere Betten waren belegt, die Patienten schliefen. Die Schwester zeigte mir einen Schrank und erklärte mir, er müsse immer abgeschlossen sein, sonst würden die Kleider verschwinden. Das sei hier so. Sie hatte Matteos Beine hochgelegt. Dann wurde er an einer Hand und an einem Fuß mit weißen, wattierten Strängen festgebunden.

Das nennt man Fixieren, wie die Richterin mir erklärt hatte, dachte ich traurig. Es zerriss mir das Herz, wie er so dalag, aber er ließ es willig geschehen und schlief sofort ein.

Ich räumte die Kleidung in seinen Spind und erkundigte mich dann nach der Stationsärztin.

»Wir sagen ihr Bescheid«, war die Antwort einer Schwester. Selbst am Nachmittag kam kein Arzt. Ich ging zum Arztzimmer. Auf mehrfaches Klopfen bekam ich keine Antwort. Schließlich bekam ich die Auskunft, die Stationsärztin sei nach Hause gegangen. Auf meine Frage, ob Matteo denn auch genügend Flüssigkeit bekäme, folgte die lapidare Antwort: »Unsere Patienten können sich draußen am Wasserspender so viel Wasser holen, wie sie wünschen und beim Essen gibt es Tee.«

»Ich bin jetzt hier, aber mein Mann ist doch gar nicht in der Lage, sich allein Wasser zu holen, sehen Sie das nicht?« Mutlos ging ich zurück und setzte mich an Matteos Bett und beobachtete ihn.

Am Abend kam Tom und war entsetzt, als er seinen Vater sah. Abgemagert und apathisch. Er schlief immer noch. Wir besprachen, dass er nichts trank und dass

Flüssigkeit doch gerade bei Krankheiten im Gehirn sehr wichtig sei. Plötzlich wurde Matteo wach und ruckelte mit der freien Hand an dem Sicherungsgitter, was man hochgezogen hatte, damit er nicht aus dem Bett fiel. Tom versuchte beruhigend auf ihn einzureden, aber es nützte nichts. Es war so heftig, dass wir beide erschraken und ich nach einer Schwester suchte. Sie bereitete eine Spritze vor. Die Wirkung der Spritze setzte sofort ein und Matteo wurde wieder ruhig. Wir redeten auf ihn ein, er lächelte, aber ob er uns verstand, dass wussten wir nicht. In unserer Verzweiflung umarmten wir uns und schwiegen. Dann gingen wir ins Schwesternzimmer und fragten abermals nach einem Arzt. Achselzucken war die Antwort aller drei Schwestern.

»Mein Mann ist jetzt schon vierundzwanzig Stunden hier auf dieser Station und ich habe noch keinen Arzt gesehen, obwohl ich darum gebeten habe«, sagte ich etwas ungeduldig.

»Morgen früh ist die Frau Doktor wieder da, jetzt können wir nichts machen«, bekam ich zur Antwort.

»Ich möchte Sie darauf hinweisen, dass mein Mann zu wenig Flüssigkeit bekommt, ich gebe ihm manchmal ein Schlückchen Wasser, aber das reicht nicht.« Aufgeregt kam eine Lernschwester ins Schwesternzimmer und schaute mich vorwurfsvoll an.

»Ihr Mann hat sich die Infusion rausgerissen, jetzt fangen wir wieder von vorne an.« Als hätte ich die Schuld daran. Es musste ein Arzt gerufen werden, der eine neue Infusion legte. Mir war aufgefallen, dass keine der Schwestern Infusionen legte. *Vielleicht konnte ich mit ihm reden?*

Es dauerte eine Weile und ein junger Mann kam herein, der sich mir als Dr. S. vorstellte und mich darum bat, den Arm von Matteo zu halten, da die Schwestern sehr beschäftigt seien. Gerne half ich ihm nicht, es bewegte mich zu sehr, was um mich herum passierte und Matteo tat mir leid. Ich versuchte, von diesem Arzt ein paar Fakten zu erhalten, aber er wehrte damit ab, dass er die Krankenakte nicht kennen würde und mir somit keinerlei Auskunft geben könnte. Draußen wurde es langsam dunkel, ich verspürte Erschöpfung und Müdigkeit. Matteo schlief jetzt, versorgt würde er später. Ich fuhr nach Hause. Die Situation war wie in einem bösen Traum. Und ich konnte nichts tun.

Lea rief mich an, sie war von Tom benachrichtigt worden und versprach, so schnell wie möglich zu kommen. Sie könne sich ein paar Tage von ihrer Arbeit freinehmen, so sagte sie mir. Das freute mich sehr, so hatte ich jemand bei mir, mit dem ich reden konnte.

Am Morgen fuhr ich sofort wieder in die Klinik. Ich fand Matteo im fahrbaren Sessel zusammengesackt sitzend vor.

Es gelang mir nicht, ihn aufzurichten.

Dann wehte eine Frau in einem weißen Kittel durch die Eingangstür. Ich rannte hinter ihr her und fragte, ob sie die zuständige Ärztin für Matteo sei. Sie nickte und rannte weiter und ich immer hinter ihr her. Sie blieb noch nicht einmal stehen. Sie schloss ihr Büro auf und rief mir zu, sie habe keine Zeit und knallte die Tür vor meiner Nase zu. Wütend klopfe ich an diese. Sie öffnete und fragte herausfordernd: »Was wollen Sie?«

»Ich möchte einen Besprechungstermin heute Nachmittag zusammen mit meinem Sohn bei Ihnen, wir möchten wissen, was mit meinem Mann geschehen ist und wie Sie ihn therapieren«, antwortete ich in einem ruhigen, freundlichen Ton. Nur so konnte ich dieser herrischen Frau begegnen. Sie nannte eine Uhrzeit und schlug mir wieder die Tür vor der Nase zu.

Was für eine unverschämte Person.

Der Tag verlief wie jener zuvor. Ab und zu wurde Matteo renitent, aber so langsam wirkten die Infusionen, von denen ich nicht wusste, was es war, das man ihm da einflößte.

Nachmittags klopften Tom und ich an die Bürotür der Stationsärztin.

»Was wollen Sie?«, fragte sie wieder mit ihrer dunklen Stimme und einem osteuropäischen Akzent. Ihr Deutsch war miserabel, auf die Fragen, die wir ihr stellten, bekamen wir nur allgemeine Antworten. Das half uns gar nichts. Sie hatte die Krankenakte von Matteo noch nicht einmal gelesen. Tom und ich schauten uns ratlos an. Ich stand auf und sagte ihr, dass ich einen anderen Weg suchen würde, um Auskünfte zu bekommen. Matteo war in einer privaten Versicherung und wir konnten Chefarztbehandlung verlangen und das tat ich in der Folgezeit auch. Herr Prof. Z. war für diesen Teil der Klinik verantwortlich. Ich suchte sein Sekretariat auf, erklärte die Situation und bat um einen Termin beim Herrn Professor, der noch nicht so lange Chef dieser Abteilung war.

»Ich melde mich bei Ihnen, wenn ich mit ihm gesprochen habe, ich kümmere mich darum«, sagte die Sekretärin sehr freundlich. Zufrieden ging ich zurück in das Zimmer meines Mannes.

Matteo schlief schon und ich konnte nach Hause fahren. Auf der Rückfahrt dachte ich darüber nach, wie sich die Angehörigen von solch schwierigen Patienten fühlten, die sich keine Chefarztbehandlung leisten konnten. Sie waren dieser eiskalten, unhöflichen, unwissenden Stationsärztin ausgeliefert. Einfach schrecklich, der Gedanke.

Den Termin bekamen wir schließlich doch schneller als erwartet. Als es so weit war, klopfte ich zögerlich an die Tür des Sekretariats.

»Nun mach schon«, schnaubte hinter mir Tom, der sich sehr viel von diesem Gespräch erhoffte.

Wir wurden in das Büro von Prof. Z. gebeten. Hellblauer neuer Teppichboden, neue Kiefernmöbel, ein Glasschreibtisch – das war ein krasser Gegensatz zu der verwahrlosten Station, auf der Matteo untergebracht war. Wir setzten uns in schwarze Swinger.

»Nobel, nobel«, entfuhr es mir. Tom schwieg.

Herr Prof. Z. betrat wenige Augenblicke später raumgreifend das Büro. Ein großer hagerer Mann, und begrüßte uns knapp, fragte, um was es denn ginge.

Ich berichtete, dass Matteo schon drei Tage auf seiner Station sei, aber es uns bisher nicht gelungen war, mit einem Arzt oder der behandelnden Ärztin sprechen zu können, und als diese mich dann schließlich doch empfing, hatte sie noch nicht einmal Einblick in die Krankenakte genommen. Weiter berichtete ich, dass sie sich in allgemeine und nichtssagende Anmerkungen geflüchtet hat, was wir so nicht akzeptieren würden.

Auch erklärte ich ihm, dass wir die Ärztin ferner darauf hingewiesen hatten, dass Matteo viel zu wenig Flüssigkeit zu sich nahm, seit er hier war. Der Arzt verfolgte nonchalant meine Ausführungen.

Dann setzte Tom ein, der immer noch die Hoffnung besaß, dass sein Vater in dieser Klinik in einen besseren körperlichen Zustand versetzt würde.

»Es geht doch nicht, dass sich niemand um die Flüssigkeitsmenge kümmert und kontrolliert, ob es ausreichend ist. Er wird mit Medikamenten abgeschossen und sitzt oder liegt nur noch apathisch herum. Sein Zustand wird immer schlechter, nicht besser.« Damit hatte sich Tom erst mal Luft gemacht. Dreist fragte ich dann, ob es keine bessere Unterbringungsmöglichkeit als in dieser Klinik gäbe. Der Arzt nickte ergeben und nannte uns eine Klinik in der nächsten Universitätsstadt und rief mit unserer Einwilligung dort an.

Doch das Gespräch blieb ergebnislos, wir sollten auf den nächsten Tag warten. Ich war sehr erstaunt, wie schnell er sich bereit erklärte, Matteo zu verlegen. Es war offenkundig, dass er einen schwierigen Patienten loswerden wollte.

»Dann müssen wir jetzt ein Trinkprotokoll führen.« Damit machte er deutlich, dass er nichts weiter zu sagen habe. Auf unsere Frage, was Matteo denn eigentlich habe, antwortete er: »Wir haben nur den Brief, den Sie uns gegeben haben, der den Grund seines Zusammenbruchs von damals beschreibt. Er ist seitdem bei keinem Arzt gewesen und auch nicht in der Uniklinik zur Kontrolle der Entzündung in den Gehirnvenen.« Strafend schaute er mich an. Wieder war ich gezwungen, zu erklären, dass ich in den letzten Jahren nicht mit ihm gelebt habe und seine Lebensgefährtin sich nicht weiter darum gekümmert hatte. Erstaunt schaute er mich an und nickte, senkte dann seinen Blick auf das einzige Blatt, was ihm nur eine vage Auskunft über die Vorerkrankung von Matteo gab. Das Gespräch war beendet. Wir standen auf und verabschiedeten uns. Ich habe in meinem Leben schon einige Professoren der Medizin kennengelernt. Darunter waren nette, hilfsbereite und arrogante. Zu den hilfsbereiten zählte dieser hier sicherlich nicht, sondern eher zu den unfreundlichen, arroganten.

35

Abends war Lea angekommen und wir besprachen die Situation. Wir kamen zu dem Schluss, dass der erneute Ortswechsel Matteo nicht guttun würde und eine befreundete Ärztin, eine Palliativmedizinerin, die wir zu Rate zogen, riet uns auch davon ab. Sie hatte unsere Sorgen erkannt und stand uns helfend zur Seite. Wir konnten sie immer anrufen, wenn wir Fragen hatten.

Am nächsten Morgen fuhr ich mit Lea in die Klinik. Beim Anblick ihres Papas brach sie in Tränen aus. Wir konnten nicht ausmachen, ob Matteo uns überhaupt noch erkannte. Die Schwestern berichteten, dass er nichts mehr essen würde. Außer Eiscreme bekämen sie nichts in ihn. Trinken sei inzwischen mehr als schwierig.

Aha, *das Trinkprotokoll!*, fiel es mir just in diesem Moment ein. Ich fuhr in ein Lebensmittelgeschäft und kaufte Cola, Wasser, Apfelsaft und Orangensaft für ihn ein. Jede Menge Eis packte ich noch dazu, welches ich später im Eisschrank des Personals verstauen durfte. Zunächst probierten wir das Wasser. Lea reichte Matteo ein Glas davon, er trank einen großen Schluck, spülte es in seinem Mund hin und her und spuckte es wieder aus. Die Flüssigkeit landete auf seinem Sessel, auf dem er meistens saß, wenn er nicht schlief. Mit dem Orangensaft geschah das Gleiche. Er nahm einen großen Schluck, spülte diesen lange in seinem Mund umher, um ihn dann langsam wieder auszuspucken. Wir suchten nach einem Gefäß, weil die Moltontücher, die man uns gegeben hatte, nicht mehr ausreichend die Flüssigkeiten aufsaugten. Eine Schnabeltasse gab es auf dieser Station nicht. Lea probierte dann, ihm etwas von dem Eis zu geben. Davon aß er ein paar kleine Löffel und wurde schließlich müde. Sein Kopf fiel zur Seite und er schloss die Augen.

»Papa, mach ein Nickerchen«, sagte Lea zärtlich zu ihm. *Vielleicht hört er es ja,* dachte ich. Als er wieder wach wurde, versuchten wir, ein Stückchen mit ihm zu laufen, den langen grauen Gang entlang.

Wir schoben den kleinen Tisch vor seinem Sessel weg und wollten ihm dabei helfen, sich aufzurichten und aufzustehen. Blitzartig richtete er sich auf und wehrte sich gegen unsere Griffe, so stark, dass wir ihn nicht mehr halten konnten. Er entwickelte eine enorme Kraft, wir riefen nach den Schwestern, die ihn zusammen mit uns und mit geschulten Griffen wieder seinen Sessel bugsierten. Lea und ich schauten uns entsetzt an. Die Schwestern entschlossen dann, ihn mit einer Spitze zu beruhigen und brachten ihn zu seinem Bett. Auch bekam er nun das erste Mal einen Flüssigkeits-Tropf. Ich hatte die leise Hoffnung, dass er uns wenigstens dann erkennen würde, wenn sein Flüssigkeitshaushalt wieder ausgeglichen war.

Manchmal reagierte er auf unsere Stimmen, meistens aber starrte er nur weiter vor sich hin.

Die Rückfahrt verlief schweigend. Lea und ich, wir konnten es nicht ertragen, wie wir miterleben mussten, dass sich der Dämon in seinem Gehirn weiterentwickelte und Matteo immer mehr von uns entfernte. Lea weinte, während ich mich auf den Verkehr konzentrieren musste und meinen Gefühlen keinen freien Lauf lassen durfte. Ich wollte uns heil nach Hause bringen.

36

Der nächste Tag verlief wie die Tage zuvor, wir saßen bei ihm, redeten mit ihm, versuchten stets, ihm etwas Nahrung zu geben und wurden uns der hoffnungslosen Situation mehr und mehr bewusst. Alles erschien düster und traurig. Matteo wurde langsam ruhiger. Wir saßen mit ihm in der Bibliothek der Einrichtung, in der wir von den anderen Patienten abgeschirmt waren. Die Tür konnte man von außen nicht öffnen. Auf dem Tisch befand sich ein Durcheinander an schmutzigem Geschirr. Die Putzfrau, die jeden Tag auf der Station herumwischte, aber nicht wirklich putzte, fühlte sich dafür nicht verantwortlich. Die Schwestern hatten keine Zeit. Nach ein paar Tagen brachten wir dann das Geschirr in die Stationsküche. Es roch sehr unangenehm. Mein Blick fiel auf den Rauchmelder an der Decke. Der Deckel war abgenommen, scheinbar fehlten die Batterien. Auch hier kümmerte sich niemand.

Wieder versuchten wir, Matteo etwas Eis zu geben sowie Säfte oder einen Schluck Wasser. Er spuckte alles aus und magerte weiter ab. Verzweifelt schauten Lea und ich uns an. Wir konnten ihm nicht helfen. Niemand konnte ihm mehr helfen. Eine gespenstische Krankheit, die keiner kannte, machte sich weiter in seinem Gehirn breit. Diese unwürdigen Zustände ertrugen wir schwer und es ging weiter so.

An diesem Tag beobachte ich, wie ein Mann in die Ecke des Speisesaals pinkelte.

Kommt vor, dachte ich. Außerdem war es ja vollkommen egal, ob er es hier machte oder ordnungsgemäß auf der Toilette, wo sowieso immer die Türen zum Flur hin offen waren und alle Besucher sehen konnten, wie die Patienten auf den WC-Schüsseln saßen und sich erleichterten. Von Privatsphäre keine Spur.

Menschenunwürdiger geht es nicht mehr, sagte ich mir in Gedanken. Ich gab den Schwestern Bescheid, dass man das aufwischte, doch am nächsten Tag war die Pfütze im Speisesaal immer noch da! Und zwar eingetrocknet.

Es war schlimm, Zeuge dessen zu sein, wie die Pflegekräfte sich verausgabten mit diesen schwierigen Patienten und doch nicht wirklich etwas ausrichteten. Es gab alle Formen von neurologischen Krankheiten. Die dementen Patienten gehörten einfach nicht hierher. Keiner kümmerte sich um den Einzelnen. Hier wurden die Menschen mit Beruhigungsmitteln versorgt und wie Ware aufbewahrt – ohne Gefühl oder Empathie. Die Langeweile war das Schlimmste. Keiner wurde beschäftigt. Es gab durchaus Patienten, die in der Lage gewesen wären, zu basteln oder andere manuelle Tätigkeiten zu verrichten. Doch ihnen half niemand dabei. So wandelten die meisten von ihnen den grauen, trostlosen Gang immer rauf und runter, wirkten niedergeschlagen, was den Verlauf der einzelnen Krankheiten nicht verbesserte und sie weiter in Depressionen hineintrieb.

Oft stürzten Patienten, verletzten sich oder blieben am Boden liegen, so wie Matteo.

Als er durch die Medikamente ruhiger geworden war, konnte er wieder laufen und machte davon direkt

Gebrauch, stürzte aber. Einmal kamen Lea und Tom an der Eingangstür zur Station an, man entsicherte vom Stationszimmer aus die Tür, und sie konnten eintreten. Hinter dieser lag Matteo mit einer Platzwunde über dem Auge. Alleine konnte er nicht aufstehen. Er trug noch nicht einmal seine eigenen Kleider.

Wie geht das? Die Schränke waren doch alle abgeschlossen? Keiner half ihm, wollte man ihn verbluten lassen? Wir waren richtig sauer und suchten Hilfe, um die Wunde schnell zu versorgen. Die Pfleger und Schwestern befanden sich alle in ihrem Büro und besprachen die Übergabe bei Schichtwechsel. Die Tür war in diesen zwanzig Minuten immer fest verschlossen. Die Patienten waren ohne jegliche Aufsicht und einfach nicht wichtig genug. Das war extrem fahrlässig. Wir erzwangen uns Hilfe, um die Wunde über Matteos Auge zu versorgen. Ich wies eine Schwester darauf hin, dass Matteo nicht seine eigenen Kleider trug und eine anderer Mann in seiner Hose herumlief. Fragend schaute ich sie an.

»Ach, wenn Sie die Kleider Ihres Mannes suchen, rechts neben der Tür im Schwesternraum ist ein Haufen mit Kleidern und Schuhen, da können Sie sich raussuchen, was Ihnen gehört.«

Ich ballte die Faust in der Tasche, aber sagte nichts.

Nach einiger Zeit bemerkte ich, dass die Stürze hier zum Alltag gehörten. Ich war entsetzt. Durch den Personalmangel konnte niemand mit den Patienten die ersten Gehversuche unternehmen, wenn sie eine Therapie mit Psychopharmaka verordnet bekamen, und man nahm die unweigerlich folgenden Stürze mit

Verletzungen einfach in Kauf. Wenn ich es nicht selbst gesehen hätte, hätte ich es nicht geglaubt. Irgendwann, ich saß an Matteos Bett, wurde ein alter Mann im Rollstuhl ins Zimmer geschoben. Er war wohl gerade eingewiesen worden. Eine Tasche hatte er auf dem Schoß.

»Hallo«, begrüßte ich ihn. Traurig schaute er mich an.

»Schauen Sie mal her, ich habe versucht, mir die Pulsadern aufzuschneiden, aber hat nicht geklappt, man hat mir das Messer weggenommen. Was soll ich denn noch hier? Meine Frau ist vor zwei Jahren verstorben. Seitdem leide ich unter der Einsamkeit. Ich will nur noch zu ihr in den Himmel.« Nach seinem Redeschwall versuchte ich, ein wenig auf ihn einzugehen, schließlich taute er regelrecht auf.

Er erzählte mir, dass er eine Betreuerin habe, die er gerne anrufen würde, aber man habe ihm das bei der Aufnahme verwehrt.

»Haben Sie die Nummer?«, fragte ich.

»Ja, im Kopf.«

Ich suchte mein Handy und er diktierte mir ihre Nummer.

Leider ist es die falsche Ziffernfolge gewesen. Wir versuchten es noch mehrmals, aber es gelang ihm nicht, die richtige Nummer zu nennen. Ich sah seine Tränen. Dann schaute ich auf die Uhr.

Nun beschäftigte ich mich schon über eine Stunde mit ihm, ohne dass auch nur eine Pflegekraft nach ihm geschaut hat.

»Jetzt muss ich aber pinkeln«, sagte er mit Recht ungeduldig. Ich schob ihn zur Tür und sagte ihm, er solle ganz laut schreien, vielleicht käme dann jemand. Ich wusste, wenn man nach einer Hilfe klingelte, dauerte es sehr lange, bis jemand kam – manchmal kam auch niemand. Rufen war da besser, denn sofort war ein Pfleger bei ihm. Er nahm sich des alten Mannes an.

Matteo schlief, es war schon sehr spät am Abend. Ich beschloss schließlich, nach Hause zu fahren.

Meine Mutlosigkeit nahm zu. Wir waren niederge-schlagen und es wurde uns klar, dass Matteo nie mehr so werden würde wie früher. Er aß so gut wie nichts mehr und hatte ständig einen Flüssigkeitstropf anhän-gen.

37

Lea und ich machten uns auf die Suche nach einem guten Pflegeheim. Zurück in sein betreutes Wohnen, wo er sich wohlgefühlt hatte, das konnten wir nicht mehr verantworten.

Ein Haus, vollkommen neu, mit einer großzügigen Pflegeabteilung, mit einem Garten, der von außerhalb nicht einsehbar war und weitere moderne Annehmlichkeiten, da meldeten wir Matteo an. Einen anderen Weg sah ich nicht. Er musste aus dieser unmenschlichen, unwürdigen Abteilung der Psychiatrie heraus.

Wir ertrugen die Atmosphäre dieser Abteilung nicht mehr. Den Mitarbeitern, die durch Arbeitsüberlastung nicht mehr sensibilisiert genug waren, sondern einfach nur abarbeiteten, konnte man keinen Vorwurf machen. Sie gaben sich Mühe. Es reichte nur nicht.

Den Professor sah ich nur noch einmal bei einer Visite. Ich hätte mir einen warmherzigeren Menschen an seiner Stelle gewünscht. Wissen alleine machte diese Aufgabe nicht aus, es gehörte auch Empathie dazu. Das war hier nicht der Fall. Er musste doch die Defizite erkennen, die hier auf seiner Station herrschten.

Ja, Herr Professor, die Würde des Menschen ist unantastbar! Artikel 1 unseres Grundgesetzes. Wurde das hier beachtet? Mir war nicht danach, mit ihm darüber zu reden. Er konnte mir nicht sagen, welche Krankheit Matteo hatte, was sich in seinem Kopf gerade abspielte. Die Begründung war: Keine medizinische Betreuung seit dem ersten Zusammenbruch und zu wenig Information seitens der Uniklinik. Da musste ich wütend an Virginia denken. *Warum hat sie es nicht verstanden, Matteo zu verdeutlichen, dass er zur Über-wachung seines Zustandes ärztliche Hilfe brauchte?* In einem Arztbrief der Uniklinik stand geschrieben: In Zeitabständen von drei Monaten ist die Überprüfung der Medikamente und der Gesamtzustand des Patien-ten dringend erforderlich.

Warum, warum, warum? Wie kann ein Mensch so gleichgültig sein und einfach die schlechte körperli-che Verfassung des Partners ignorieren? Sie hat noch nicht einmal versucht, die Gabe der entzündungshem-menden Tabletten zu steuern. Diese Einnahme wäre dringend notwendig gewesen. Wir erkannten, dass Matteo ein Vollpflegefall geworden war und trösteten uns damit, dass er in dem Pflegeheim, dass wir für ihn ausgesucht hatten, menschenwürdiger versorgt würde.

Der nächste Tag verlief wie die Tage zuvor. Die Ver-legung in das moderne Pflegeheim konnte erst in paar Tagen geschehen, dann wurde das Zimmer frei, was wir für Matteo ausgesucht hatten. So erlebten wir wei-ter unglaubliche Ereignisse. Eine zierliche alte Dame, die immer mit einer rosa Tasche den langen grauen Flur auf und ab lief, hatte sich eine Gesichtshälfte ver-letzt.

Wieder ein schwerer Sturz, dachte ich. Es war uner-träglich, dies ansehen zu müssen. Ihre Muttersprache war Englisch, doch die deutsche Sprache hatte sie ein Leben lang praktiziert. Seit sie hier eingeliefert wor-den war, sprach sie nur noch in ihrer Muttersprache, obwohl die Schwestern sie kaum verstanden und Lea manchmal baten, zu dolmetschen. So erfuhren wir von ihrem Schicksal. Sie hatte die deutsche Sprache einfach vergessen. Eine weitere Form von Demenz.

38

Nun wollte ich die Verlegung von Matteo in das Pflegeheim veranlassen. Er war jetzt auf bestimmte Medikamente eingestellt worden und nicht mehr renitent. Als er in seinem Sessel saß, versuchte ich, mit ihm zu reden und ihm zu erklären, was wir vorhatten. Er schaute mich an, aber ich erkannte, dass er durch mich hindurchsah. Er verstand mich nicht, nahm nichts mehr wahr. Die Stationsärztin war wie immer nicht zu erreichen, und am Abend fuhr ich ohne Ergebnis nach Hause.

Als ich heimkam, klingelte mein Telefon. »Hier ist die Station 4 a. Sind Sie die Ehefrau von Matteo S.?«, fragte einer der Pfleger.

Da ist was passiert, wurde mir schlagartig bewusst, obwohl ich todmüde war, mit einem Mal war ich wieder hellwach.

»Ja. Ist etwas passiert?«

»Ihr Mann hat eine schwere Lungenentzündung entwickelt. Wir können ihn hier nicht versorgen, er muss schnellstens in ein normales Krankenhaus verlegt werden. Wir haben mit dem Katholischen Krankenhaus in Ihrer Stadt telefoniert. Sie nehmen ihn auf, der Krankenwagen ist bestellt und er wird in circa dreißig Minuten dort eintreffen.« Dann holte er tief Luft. Ich sagte ihm, dass ich dort sein würde. Schnell verständigte ich Tom. Lea und ich fuhren zu dem genannten Krankenhaus. Wir meldeten uns in der Notaufnahme und erfuhren dort, dass Matteo bereits eingetroffen war, wir uns aber noch eine Weile gedulden sollten. Also warteten wir, bis eine Schwester aus der Tür gestürmt kam und laut rief: »Familie S., ist jemand der Familie S. hier?« Tom stand als Erster auf und ging in Richtung Tür. Lea und ich folgten ihm.

»Sie können sich schon mal hier von ihrem Angehörigen verabschieden«, schmetterte sie uns entgegen.

Was bedeutet das? Wird er sterben?

Wir schauten uns hilflos an und betraten den Raum, in dem Matteo ruhig und mit geschlossenen Augen auf einem Transportbett lag. Wir erkannten, dass er noch lebte. Mein Blick fiel auf den prall gefüllten Urinbeutel, der seitlich am Bett befestigt war. Er war nicht nur zu voll, sondern auch rot, also gefüllt mit roten Blutkörperchen. Es war schrecklich.

Eine sehr einfühlsame, junge Ärztin begrüßte uns freundlich.

»Leider muss ich Ihnen sagen, dass Ihr Mann, Ihr Vater ...«, sie unterbrach sich und schaute fragend in die Runde, »... die Nacht nach jetzigem Stand nicht überleben wird. Er hat eine schwere Lungenentzündung. Wir werden ihm ein Antibiotikum verabreichen und den Urinbeutel erneuern. Mehr können wir im Moment nicht für ihn tun.« Tom und Lea erklärten sich beide sofort dazu bereit, in dieser Nacht bei ihm zu bleiben. Ich fühlte Stolz für meine Kinder.

»Wir wechseln uns ab, die folgende Nacht übernehme ich dann, sofern es sie noch geben wird.« Ich konnte nicht glauben, dass Matteo von uns gehen würde.

Hatte ich nicht noch vor zwei Wochen Bücher mit ihm

sortiert? Hatte er sich nicht gefreut, in meiner Obhut und in der Obhut der Mitarbeiter des Seniorenstifts zu sein? Wir hatten den Plan geschmiedet, im Sommer zusammen nach Frankreich zu fahren. Wehmütig dachte ich an die letzten Gespräche, die wir hatten – in Momenten, in denen er vollkommen klar gewesen war. Bei diesen Gesprächen sind wir mit uns in Reine gekommen. Das empfand ich plötzlich sehr stark.

Wir begleiteten ihn auf sein Stationszimmer, in dem noch ein zweites Bett stand. Die Schwester erklärte uns, dass wir es benutzen dürften. Als sie bemerkte, dass zwei Personen bei ihm bleiben würden, und mitbekam, wie Lea und Tom diskutierten, wie sie zusammen in diesem Bett schlafen könnten, ergänzte sie mit sehr bestimmenden Worten: »Hier bei uns schläft niemand auf dem Boden, ich bringe noch einen Liegesessel.« Mir zwinkerte sie dann lächelnd zu. Die Ärztin kam und hängte Matteo eine Infusion mit einem Antibiotikum an. Flüssigkeit würden sie später in der Nacht zuführen.

Mit den Worten: »Machen Sie sich keine Gedanken, wir kümmern uns um ihn, auch wird er Morphium bekommen, er hat Schmerzen, weil er abgemagert ist. Seine Knochen reiben aufeinander und das schmerzt ungemein.«

Ich gab meinen Kindern einen Kuss und verabschiedete mich.

Es war ein gutes Gefühl, ihn jetzt hier zu wissen und nicht mehr in dieser menschenunwürdigen, geschlossenen Abteilung der Psychiatrie.

Am nächsten Morgen ging ich früh ins Krankenhaus,

um die Kinder abzulösen. Als ich das Krankenzimmer betrat, lag Matteo entspannt in seinem Bett und die Kinder saßen am Tisch. Verdutzt guckte ich, man hatte ihnen ein Frühstück gebracht.

»Papa lebt noch!« Ich nickte und setzte mich zu Matteo und versuchte, Kontakt mit ihm aufzunehmen. Es war nicht mehr möglich. Ich weinte, die Kinder kamen zu mir und wir weinten gemeinsam. Es tat gut, seinen Gefühlen freien Lauf lassen zu können. Ein paar Minuten später war ich alleine mit Matteo und dachte darüber nach, dass ich eigentlich lesen könnte. Es ging nicht, meine Gedanken schweiften ab, ich konnte mich nicht konzentrieren. Manchmal redete ich mit Matteo, ohne jedoch eine Antwort zu bekommen oder auch nur eine winzige erkennbare Regung von ihm. Ich berührte sanft seinen Arm, strich ihm über die Wange. Es kam keinerlei Reaktion von ihm. Die Schwestern kamen, hängten eine neue Infusion an und sprachen freundlich mit mir. Auch die Ärztin aus der Notaufnahme kam und erklärte mir, dass das Antibiotikum angeschlagen habe, die Lungenentzündung zurückginge, Matteo aber aus seiner Somnolenz nicht mehr aufwache und wir damit rechnen müssten, dass er in den nächsten Tagen sterben würde. Unter Tränen nickte ich ihr schweigend zu. Sie strich mir über den Arm und entgegnete: »Sagen Sie uns, wenn Sie etwas benötigen, es ist alles da.« Dann verließ sie das Krankenzimmer.

Zu Mittag brachte man mir ein Tablett mit Essen. Ich aß ein wenig und setzte mich wieder zu Matteo. Manchmal stand ich am Fenster und konnte mein Haus in der Ferne entdecken. Am Nachmittag besuchte mich eine Ärztin, die sich mir als Palliativmedizinerin vorstellte. Ganz vage wusste ich, was das bedeutete. Sie stellte mir Fragen, über mich und Matteo. Als ich ihr erklärte, dass er in den letzten Jahren mit einer anderen Frau gelebt hat, schaute sie mich erstaunt an. »Ja, er ist auf eigenen Wunsch in meine Obhut zurückgekommen. Wir haben viele Jahre eine gute Ehe geführt und nun tue ich meine Pflicht! Es ist Dankbarkeit, was mich antreibt.«

»Das ist schön, dass Sie das machen, und Ihre Kinder haben hier geschlafen? Schön.« Sie verabschiedete sich und kündigte an, wenn ich reden wolle, solle ich Bescheid geben, andere Mitarbeiter aus dem Palliativteam würden jeden Tag vorbeischauen. Man könne nicht voraussehen, wie lange Matteo noch leben würde. Leise schloss sie die Tür und ich war mit meinen Gedanken und Matteo wieder alleine. Am Nachmittag kam Lea zu Besuch. Tom musste arbeiten, die neue Arbeitswoche hatte begonnen. Lea löste mich ab. Ich fuhr nach Hause und holte meine Dinge, die ich für die Nacht im Krankenhaus bei Matteo brauchte. Abends, als Lea müde heimfuhr, empfand ich eine tiefe Einsamkeit, die ich mir selbst nicht erklären konnte. Als die Nachtschwester nach uns schaute, schwätzte sie noch ein paar belanglose Worte mit mir, die mir guttaten. Schlafen konnte ich wenig. Ich horchte auf jeden Atemzug von Matteo und dachte im Stillen: *Jeder Atemzug kann der letzte sein.*

Eine Schwester kam und spritzte die Morphium-Dosis, die Matteo Schmerzfreiheit gab. Sie gesellte sich danach zu mir. »Alles gut mit Ihnen?«

»Ja, danke«, erwiderte ich, mehr brachte ich nicht heraus.

Am Morgen kam Lea, um mich für ein paar Stunden abzulösen.

Als wir später wieder zusammen im Krankenzimmer saßen, besuchte uns die Palliativärztin. Sie unterhielt sich mit uns, fragte nach dem Beruf von Matteo, nach unserer Familie – und wir redeten und redeten. An mich gewandt, sagte sie: »Sie halten das nicht durch, Tag und Nacht hier zu sein, schlafen Sie nachts zu Hause, Sie brauchen Ihre Kraft für Ihren Mann. Er hat hier alles, er ist gut versorgt und der Weg von Ihrem Haus zu uns dauert nur knappe zehn Minuten.«

»Ja, es ist wohl besser«, entgegnete ich ihr. Auch ein Pfleger des Palliativteams besuchte uns, wir plauderten und erzählten Geschichten aus dem Leben von Matteo und unserer Familie.

Das ist eine gute Art des Abschiednehmens, dachte ich im Stillen. Am nächsten Tag kam eine Krankenschwester des Palliativteams und befragte uns nach dem Wohlbefinden von Matteo, ob wir dazu eine Aussage machen könnten. Ob wir zufrieden seien. Lea meinte: »Mehr kann für meinen Vater nicht mehr getan werden, Hauptsache, er hat keine Schmerzen.«

39

Matteo war nun eine Woche in diesem Krankenhaus. Dank der fürsorglichen Pflege lebte er noch. Wir waren uns gewiss, dass es jeden Augenblick vorbei sein konnte, und so wie er dalag – schläfrig, teilnahmslos, abgemagert, blass und ohne jegliche Regungen –, war es kein Leben mehr. Man brachte mir einen Kaffee und ein Stück Kuchen am Nachmittag. Ich kann mich nicht daran erinnern, dass ich mich je mehr über einen Kaffee und Kuchen gefreut habe als in diesem Moment. Es tat einfach gut, lenkte ab.

Manche Dinge, mögen sie auch noch so alltäglich sein, bekommen in gewissen Situationen eine höhere Wertigkeit, überlegte ich. Wieder einmal ging ich zum Fenster und suchte mein Haus in der Ferne, als ich Matteo plötzlich laut und klar hinter mir sagen hörte: »Ehrgeiz ist der falsche Weg, um eine glücklichere Welt zu schaffen.« Erschrocken drehte ich mich um und eilte an sein Bett.

»Matteo, Matteo«, sprach ich ihn an und rüttelte an seinem Arm, als könnte ich ihn so aus seiner Schläfrigkeit herausholen. Er war bereits wieder in seiner Welt versunken. Ich starrte ihn an.

Was war das denn? Kommt er wieder zu sich? Aufgeregt lief ich zu den Schwestern und berichtete von dem soeben Geschehenen. Die Stationsschwester legte den Arm um mich und erklärte mir, dass Sterbende oft noch Dinge sagen, mit denen sie sich trotz des nahenden Todes beschäftigen, ich sollte mir keine Hoffnung machen. Sein Satz war ungeheuerlich.

Hatte er ihn in seinem Berufsleben so gesagt? War es eine Erkenntnis, zu der er sehr spät gelangt war? Ich setzte mich schließlich wieder zu ihm, dachte nach und hoffte, er würde noch mehr sagen. Doch er blieb still. Es wurde immer stiller im Zimmer, und ich begann mir Gedanken darüber zu machen, wie es sein würde, wenn er nun für immer ging.

Am nächsten Morgen ereilte mich zu Hause die Nachricht: »Er hat es gepackt.« Sofort fuhr ich ins Krankenhaus. Man hatte Matteo die Hände gefaltet, ein kleines Kreuz steckte darin und auf dem Nachtisch stand eine brennende Kerze. Sein Gesichtsausdruck zeigte ein zufriedenes Ende. Ich beugte mich über ihn, streichelte seine schon fahl werdenden Wangen. Ich fühlte mich überfordert. Gerne hätte ich geweint, aber ich hatte keine Tränen mehr. Das Erlebte hatte mich und die Kinder an unsere Grenzen gebracht. Der Pfarrer wurde gerufen und wir nahmen gemeinsam Abschied und beteten.

Nach einer ganzen Weile entschied ich mich, nach Hause zu gehen. Ich gab ihm einen Kuss auf die aschfahle Wange. Obwohl ich nur in den letzten Wochen mit Matteo zusammen gewesen bin, fühlte ich mich allein. Ja, das Gefühl der Einsamkeit beschlich mich. Es war ein Sonntag, ein Tag der Stille, ein Tag des Abschieds.

40

Am Tag danach besprachen wir die Beerdigung, an der nur wir anwesend sein wollten. Den Wunsch von Matteo, keine Verbindung mit Virginia und ihrer Familie zu haben, versuchten wir umzusetzen, indem wir die Daten der Beerdigung und der Trauerfeier, zu der nur geladene Gäste kommen sollten, geheim hielten.

Zu unserem Erstaunen war die Kapelle des Friedhofs, von der aus die Beerdigung stattfinden sollte, nicht leer, wie wir es gewünscht hatten.

Die Verwandtschaft von Matteo, ein Schulfreund und seine Frau, konnten nicht zur anschließenden Trauerfeier kommen und hatten den Wunsch geäußert, mit an sein Grab gehen zu dürfen. *Aber wer waren die anderen Gäste?* Ich wusste es nicht.

Der Raum war festlich geschmückt. Wir hatten uns auf Blumenschmuck mit Mimosen geeinigt. Matteo hatte Mimosen immer geliebt und es war eine schöne Erinnerung an unsere gemeinsamen Jahre im Süden. Auch der Sarg war reichlich damit geschmückt. Es war eine Symbolik, die wir in diesem Moment brauchten, die an unsere schöne Zeit in Südfrankreich erinnerte. Die vielen kleinen Teelichter auf dem Boden wirkten beruhigend und feierlich. Noch ging es mir gut. Die Orgelmusik setze ein und die Zeremonie begann.

»Der Herr sei mit Euch«, diese Worte nahm ich noch wahr, dann drifteten meine Gedanken ab. Ich war nicht mehr in der Lage, dem Pfarrer zuzuhören oder gar seine Worte aufzunehmen. Zu sehr wütete die Erinnerung an die letzten Wochen in mir. Es war vor allem die Frage nach dem Warum, die ich mir in meinem Leben schon öfters stellen musste.

Warum lässt Gott, der doch ›iieber Gott‹ genannt wird, so ein tragisches Ende eines Lebens zu? Warum lässt er das ganze Elend auf der Welt zu? Warum lässt er Kriege zu? Warum? Warum denn nur?

Meine Zweifel, ob es überhaupt einen Gott gab, verstärkten sich wieder. Die Bilder der menschenunwürdigen Psychiatrie beherrschten meine Gedanken, aber auch die liebevolle Aufnahme in einem Krankenhaus, welches vom tiefen Glauben der Schwestern, Pfleger und Ärzte geprägt gewesen war. Das hatte mich doch sehr beeindruckt.

In Trance hörte ich den Namen meines Mannes. Die Kinder schluchzten laut. Wir beteten zusammen das Vaterunser, die Orgelmusik setzte abermals ein und der Sarg von Matteo wurde aus der Kapelle geschoben. Wir folgten ihm still.

Auf dem Weg zum Grab sagte Tom plötzlich zu mir: »Da hinten ist Virginia.«

Hatte ich nicht Matteo das Versprechen gegeben, dass ich diese Frau und ihre Familie von ihm fernhalte, vor allem Virginia nicht zu ihm lasse? Woher wusste sie überhaupt, wann Matteo zu Grabe getragen wurde? Ein Schaudern durchzog mich bei ihrem Anblick. Tom drehte sich um, ging ein paar Meter weiter zurück zu Virginia. Außer uns waren nur ein paar seiner Verwandten und ein Klassenkamerad mit seiner Frau bei uns. Tom versuchte, Virginia wegzuschicken. Ihre

Schwester und ihr Schwager standen neben ihr, als sie plötzlich laut und mit schriller Stimme über den Friedhof schrie: »Kaum ist er ein paar Wochen von mir weg, schon ist er tot!« Was für ein heuchlerischer Satz von einer Frau, die sich nicht mehr um ihn gesorgt hatte. Eine Frau, die seine schwere Krankheit ignoriert hatte, ihrer Wege gegangen war und ihn sich selbst überlassen hatte. Eine Frau, die Hilfe von unserer Seite nicht zugelassen hatte. Sie schrie so laut, dass der Pfarrer unruhig wurde. Sie störte die Beerdigung und das ganz bewusst.

Der Schwager reagierte menschlich. Er gab Tom die Hand kondolierte, nickte ihm zu und entfernte sich schließlich wieder. Die beiden Frauen standen zunächst wie angewurzelt da, liefen aber dann fort.

Mir war speiübel. Ich hatte das Gefühl, dass meine Kräfte mich verlassen würden. Lea, Tom und ich hielten uns im Arm und gingen weiter zur Ruhestätte von Matteo. Still verharrten wir dort und warteten, dass der Sarg herabgelassen wurde. Wir alle bedeckten diesen mit Erde und Mimosen und verweilten noch einen Moment, nahmen Abschied. Alle – außer Lilly, die sich von uns zurückgezogen hatte.

41

Die Stimmung der kleinen Kaffeetafel mit den Verwandten war ziemlich aufgewühlt. Sie verstanden nicht, wieso Matteo in seinen letzten Wochen wieder bei mir gewesen war. Es gab Klärungsbedarf, aber nicht in diesem Moment. Ich konnte noch nicht.

Als die Verwandten nach Hause fuhren, besuchte ich sein Grab alleine. Mittlerweile war es mit den Kränzen der verschiedensten Bundesländer, in denen Matteo für den Staat gearbeitet hatte, dekoriert. Die Mimosen-Kränze der Kinder lagen gut sichtbar dazwischen. Mein Gesteck, auch aus Mimosen und mit einer Schleife versehen, trug die Aufschrift: *in Dankbarkeit*. Man hatte es etwas erhöht aufgestellt.

So ist es richtig, dachte ich. *Nein, Liebe ist es nicht mehr, was ich für Matteo empfinde. Es ist eine tiefe Dankbarkeit für all die guten Jahre, die wir gemeinsam durchlebt haben.* Daraus resultierte meine Fürsorge für ihn in den letzten Wochen.

Erschöpft fuhr ich nach Hause und machte mir Gedanken über die zweite kleine Trauerfeier, zu der wir Kollegen, Freunde und politische Wegbegleiter am nächsten Tag eingeladen hatten.

Die kleine Kirche lag hoch über der Donau. Matteo war oft dorthin gegangen, um Ruhe zu finden und zu meditieren. In diesen Momenten war ich manchmal mit ihm zusammen dort gewesen. Auch ich liebte diesen Ort.

Auf dem Boden des Innenraums brannten zahlreiche

Teelichter, die zusammen mit der Mimosen-Dekoration und einem Bild von Matteo eine feierliche Atmosphäre boten.

Vor der Kapelle begrüßten wir die ersten geladenen Gäste.

Es kamen wirklich viele Kollegen aus Matteos Arbeitsleben, auch waren es Freunde und ehemalige Nachbarn. Plötzlich entdeckte ich die hochbetagte Mutter von Virginia, die Frau, die Matteo eine Zigeunerin genannt hatte, die er nie mehr hatte sehen wollen. Ich sagte zu Tom: »Da vorne kommt die Mutter von Virginia.«

»Wo?«, fragte er und klang dabei wie von der Tarantel gestochen. Schließlich ging er zu ihr, um sie wegzuschicken. Wie ihre Tochter, schrie auch sie wild herum. Ich hörte nur, wie Tom ganz ruhig zu ihr sagte: »Im Gegensatz zu Ihnen sind wir eine ehrliche Familie, gehen Sie.« Die beiden alten Männer, die sie begleiteten, versuchten nun, sie wegzuziehen und wollten umdrehen. Wieder schrie sie herum, schließlich setze sie stur den Weg zur Kirche fort. Ihre Begleiter folgten ihr kopfschüttelnd.

Ein wenig später entdeckte ich Virginia erneut in einem Rudel von Menschen. Ich erkannte ihre Tochter, ihre Schwägerin und wieder mir unbekannte Menschen. Den Schwager konnte ich nirgendwo entdecken. Lea ging hin, aber auch von ihr ließ sich Virginia nicht wegschicken, im Gegenteil, sie schrie wieder ihren Satz, den sie bei der Beerdigung am Tag zuvor schon benutzt hatte: »Kaum ist er ein paar Wochen von mir fort, schon ist er tot.« In diesem Moment spürte ich, wie mich von hinten jemand vorsichtig an den Schultern berührte und mir ins Ohr flüsterte: »Mit dieser Frau ist Ihr Mann in eine Lebensfalle getappt!« Ich drehte mich um und hinter mir stand unser langjähriger Hausarzt, der die Situation richtig deutete und mich trösten wollte. Wir hörten Lea ziemlich laut, aber bestimmt zu Virginia sagen: »Wie ist es denn, in einer Wohnung zu wohnen, die einem Toten gehörte? Geh einfach.« Aber auch von Lea ließ sie sich nicht wegschicken. Die mir unbekannten Menschen drehten sich um und entfernten sich ebenfalls kopfschüttelnd.

Wir gingen in die Kirche. Die vorderen Bänke hatte ich für die Familie reserviert. Obwohl ich die Plätze gekennzeichnet hatte, auch für die Ehrengäste auf der anderen Seite, besaß die Mutter von Virginia die Dreistigkeit, sich mit ihren Männern auf die reservierten Plätze zu setzen. Ich ging zu ihr und bat sie höflich darum, sich zwei Reihen weiter nach hinten zu setzen, da diese Bänke hier vorne für Familienangehörige reserviert seien. Sie weigerte sich, bis die beiden Männer sie hochzogen und nach hinten schleppten. In diesem Moment hoffte ich, bald aus einem Albtraum aufzuwachen. Aber ich wachte nicht auf. Die Trauerfeier begann. Der Pfarrer war ein betagter ehemaliger Kollege von Matteo, der sich im Alter zum Priester hatte weihen lassen. Er hatte meine Bitte, den Gottesdienst zu gestalten, sofort angenommen. Seine Anfahrt war weit, ein Freund von Matteo hatte ihn gebracht.

Die Ansprache des Ministerpräsidenten, für den Matteo lange Jahre gearbeitet hatte und mit dem wir schon ein Leben lang befreundet gewesen waren, berührte mich sehr. Er hatte gute Worte für mich und die Kinder. Er sprach das aus, wie auch ich die Situation empfand. Am Ende seiner Rede bat er um eine Gedenkminute für die Opfer der Flugzeugkatastrophe, die sich am Morgen in den französischen Alpen zugetragen hatte. Es war eine deutsche Maschine gewesen. Einhundertfünfzig Opfer, darunter viele Schüler. Wir schwiegen traurig.

Die Orgel ertönte und wir verließen die Kirche. Bei der anschließenden Kaffeetafel bei den Schwestern im Kloster war ich nicht mehr in der Lage, viel zu reden oder zu erklären. Ich hoffte, dass wir nun in Ruhe weiterleben würden. Diese Hoffnung war jedoch vergebens.

42

Am nächsten Tag erreichte mich der aufgeregte Anruf einer Freundin, die ein paar Stunden nach der Beerdigung Matteos Grab besucht hatte.

»Dein Gesteck ist vom Grab verschwunden«, sagte sie und war ziemlich außer sich, weil wohl auch sie den gleichen Gedanken hatte wie ich.

»So ein Gesteck kann man nicht stehlen, Mimosen kann man nicht in eine Vase stellen oder zu einer Party mitnehmen, denn sie fangen sofort an zu rieseln, wenn man sie bewegt, da gibt es nur eine Möglichkeit, hier will mich jemand verletzen.« Sie pflichtete mir bei und wir beendeten das Gespräch. Zunächst setzte ich mich hin und dachte nach.

Was soll das? Warum macht jemand so etwas. Warum macht Virginia das? Es war mein Verdacht, beweisen konnte ich es nicht, aber es lag sehr, sehr nahe. Ohne dass ich selbst einen Sinn darin sah, lief ich zum Friedhof und dort von einem Abfallsammler für Grünschnitte zum anderen, als würde es mir helfen, wenn ich mein Gesteck darin finden könnte. Es blieb samt Schleife verschwunden. Traurig ging ich nach einiger Zeit wieder nach Hause und überlegte, welche Aufgaben nun auf mich zukamen. Zunächst musste ich die Wohnung im Seniorenstift wieder auflösen, die Matteo und ich vor ein paar Wochen eingerichtet hatten, sie musste ausgeräumt und gesäubert werden. Ich packte wieder zehn Bücherkisten ein. Die Biografien der Politiker, die Matteo gesammelt hatte, konnte ich in der Bibliothek des Stiftes lassen. Die restlichen Exemplare spendete ich für wohltätige Zwecke, auch die Möbel gab ich weg. Es tat mir weh, Matteos Gemälde, die er so geliebt und mithilfe des Hausmeisters selbst aufgehängt hatte, wieder zu entfernen. Sie blieben in der Familie. Es war eine immense körperliche und mentale Anstrengung, aber auch das schaffte ich noch. Ich sehnte mich nach Ruhe, die ich dringend brauchte, um die traurigen Erlebnisse zu verarbeiten.

In meinem Arbeitszimmer stapelten sich Matteos Ordner, Mappen mit Bildern und auch diverse lose Schriftstücke. Jeden der kommenden Tage versuchte ich, mich durch die Seiten der Ordner zu wühlen. Ich schrieb Briefe und schickte Sterbeurkunden an Versicherungen und Arbeitgeber. Die Mitgliedschaft beim Deutschen Automobilclub konnte ich nicht so einfach kündigen, weil Virginia dort mitversichert gewesen war. Es wurde notwendig, dass ich auch in diesem Fall eine Sterbeurkunde dorthin schickte. Dann wurden die Abbuchungen gestoppt. Die Frage der Organisation nach der neuen Adresse von Virginia konnte ich nicht beantworten. Sie war einfach noch einige Wochen in Matteos Wohnung geblieben und lebte auf unsere Kosten. Erst als wir ihr Miete androhten, packte sie ihre Siebensachen und verschwand – doch wohin, das wusste ich nicht. Die Küche hatte sie komplett ausgeräumt. Die Küchenschränke waren leer. Alle Utensilien, Töpfe und Pfannen, die uns gehörten, hatte sie sich einfach genommen. Hätte sie gefragt, wir hätte es ihr gegeben. Jeder von uns hatte seinen gut ausgestatteten Haushalt. Aber gute Umgangsformen waren nie ihre Stärke gewesen. Es fehlten auch ein Teppich sowie zahlreiche andere Dinge und Mobiliar, das sie leicht abtransportieren konnte.

Mir wurde schmerzlich bewusst, dass wir einmal sehr gute Freunde gewesen waren, wir uns gegenseitig bei den Problemen mit den Kindern geholfen hatten. Dass wir wunderschöne Ferien zusammen in Südfrankreich verbracht hatten. Sie hatte mit ihrer Gier nach mehr alles zerstört.

43

Oft saß ich in der Folgezeit staunend an meinem Schreibtisch, wenn ich Ordner sichtete und vieles Schriftliche entsorgen konnte. Über die Jahre hatte Matteo seine Beförderungsurkunden in einer Ledermappe gesammelt. Ich schaute sie mir alle genau an. Meine Gedanken waren in der Vergangenheit, als plötzlich aus der Rückseite einer Urkunde ein kleines von Matteo handgeschriebenes Blatt zu Boden fiel. Ich hob es auf und entzifferte eine Notiz. Ein Datum, eine Summe und die Bemerkung: *für V. bezahlt.*

War es ein Versehen, dass dieses Zettelchen in diese Unterlagen geraten war? Nun zog ich eine Beförderungsurkunde nach der anderen aus den Plastikhüllen. Siehe da, ich fand noch mehr sorgfältig zusammengefaltete Blätter, die Matteo wohl so versteckt hatte, dass nur ich sie finden sollte. Mir lief ein Schauder über den Rücken, als ich die Zeilen las.

Wie muss er in den letzten Jahren gelebt haben, wenn er Rechnungen versteckte? Warum sollten wir diese finden? Meine Gedanken kreisten. Es gab die Rechnung eines Edeljuweliers in Regensburg über 1.100 € für Trauringe.

Wie krank war Matteo in diesem Moment schon gewesen, dass er diesen Kauf zugelassen hatte? Auch fand ich einen Beleg mit dem Logo der Zwillingswerke in Solingen. Es war der Nachweis über den Besteckkasten, von dem Virginia behauptet hatte, sie hätte ihn bezahlt und der bei Matteos Auszug schon verschwunden war. Dort stand eindeutig die Kreditkartennummer von Matteo. Er hatte eine Notiz darauf geschrieben: *Besteck*, weil er das Kleingedruckte nicht hatte lesen können.

Wie durchtrieben diese Frau doch ist, dachte ich entsetzt. Dann fand ich einen Zettel mit vollkommen unleserlichem Text. Matteos Versuch, ihn zu verfassen, war wohl daran gescheitert, dass er nicht mehr schreiben konnte. Die Schrift und somit der ganze Text glichen einer Aneinanderreihung von Würmern, nur den Namen von Virginia konnte man mit Mühe noch entziffern. In diesem Moment stellte ich mir vor, wie sie seine Situation auszunutzen versuchte, ihn dazu zwingen wollte, sein Vermächtnis zu ihren Gunsten schriftlich festzuhalten.

Wie hatte mir der Arzt der Uniklinik es kürzlich noch erklärt?

»Ihr Mann hat einen Willen, aber er kann ihn nicht mehr umsetzen«, sprach ich in Gedanken, *und sich somit auch nicht gegen aufgezwungene Texte wehren, obwohl er schon gar nicht mehr schreiben konnte.* Das deckte sich auch mit der Aussage von Matteos Freund, dass Virginia zu einem Anwalt hatte gehen wollen, und dass sie beim Auszug Matteos nach einer Erkenntlichkeit gefragt hatte. Mit anderen Worten nach Geld, und dass sie sich an materiellen Dingen noch immer bereicherte, ohne uns zu fragen.

Lange saß ich an meinem Schreibtisch und dachte nach.

Hatte ich Schuld an diesem Desaster? Nein, ich hatte die beiden über Jahre gewähren lassen, war davon ausgegangen, dass sie ein gutes Miteinander hätten. Doch wie sich jetzt Puzzleteil an Puzzleteil aneinanderreihte, erkannte ich, dass es ganz anders gewesen sein musste.

Mir fiel auch die Aussage von Matteo wieder ein: »Sie ist grob und lieblos, ich möchte niemals von ihr gepflegt werden.« Nun wurde mir klar, warum Matteo sich nicht hatte von mir scheiden lassen wollen. Er hatte mich ausdrücklich darum gebeten, alles so zu lassen, wie es war. Er wünschte sich damit die Option, dass ich mich um ihn kümmere, wenn es denn notwendig würde. Es war notwendig geworden. Es war sein Wunsch gewesen, in unsere Obhut – die der Kinder und mir – zurückzukehren.

Viele Akten vernichtete ich, die wichtigsten Notizen schob ich wieder in die Beförderungsmappe. Ich hatte genug an Erkenntnissen, die mich einfach nur traurig stimmten. Unendlich traurig. Es schien, als hätte er keine guten Jahre mit ihr verlebt. Ich setzte mich auf meine Terrasse, von wo aus ich in der Ferne das Krankenhaus sehen konnte, in dem Matteo verstorben war.

Sogar das Fenster des Zimmers konnte ich genau ausmachen. Lange blieb ich draußen und dachte über meine Zukunft nach.

44

Noch Wochen nach dem Tod von Matteo träumte ich von den Zuständen in der Psychiatrie und hörte Lea immer wieder sagen: »Papa, mach ein Nickerchen.« Zum Glück hörten diese Albträume irgendwann auf. Der Qual war genug.

Mutig beschloss ich, nach Südfrankreich zu fahren, um mich dort zu erholen – meine Liebe zu der Landschaft und den Menschen dort würde mir guttun. Dessen war ich sicher. Ich hatte die Nachricht bekommen, dass es Probleme im Garten geben würde und darum wollte ich mich jetzt endlich kümmern. Ich packte all meine Sachen, die ich dort brauchte, zusammen, benachrichtigte die Kinder und brach in Richtung Süden auf. Auch auf der langen Fahrt kamen mir immer wieder die Gedanken an die letzten Monate in den Kopf. Vor allem das streitsüchtige Verhalten von Virginia, als sie bemerkt hatte, dass sie leer ausgehen würde, ging mir nicht mehr aus dem Sinn. Es gehörte sehr viel Gefühllosigkeit dazu, deshalb eine Beerdigung bewusst zu stören. Hätte sie mit uns geredet und erklärt, warum sie sich nicht mehr um Matteo gekümmert hatte, alles wäre anders gekommen. Da bin ich sicher. Wir haben nur das getan, was unsere Pflicht gewesen war und was wir Matteo versprochen hatten.

Wie immer, wenn ich an unserem Haus ankam und aus dem Auto stieg, konnte ich den Duft des Südens wahrnehmen und genießen. Es war ein besonderer

Duft, den es nur hier gab. Der Duft nach Thymian, Pinien und Meer. Dazu das Zirpen der Zikaden. Ich war in meinem Paradies angekommen. Sofort lief ich in den Garten und schaute mich um, um zu ergründen, was in meiner Abwesenheit so alles passiert war. Matteos Palme hatte man teilweise gekürzt. Ich rief den Gärtner an und fragte nach dem Warum.

Er kam sofort vorbei und erklärte mir, dass der Stamm von innen her von einem Insekt, dem Rüsselfresser, durchgefressen worden sei. Er müsse den Baum ganz entfernen, hätte aber auf mich warten wollen, hieß es. Er machte sich sofort an die Arbeit. Der vier Meter hohe Stamm war innen bereits vollkommen ausgehöhlt. Es bewegte mich, dabei zuzuschauen, war es doch eine stattliche Palme gewesen. Aber wir konnten von Glück sagen, dass der Stamm nicht in sich zusammengebrochen war und niemanden verletzt hatte. Nach einigen Minuten legte ich mich in einen Liegestuhl im Schatten und schaute dem Gärtner weiter bei der harten Arbeit zu. Es war Matteos Palme, wie er immer gesagt hatte. Vor ein paar Wochen haben wir Abschied von Matteo genommen und nun von seiner Lieblingspalme.

Das nenne ich Fügung.

Am Nachmittag fuhr ich auf die Höhe und setzte mich auf meinen Stein und genoss die Aussicht. Wie oft hatte ich hier schon verweilt und mir Sorgen gemacht, um dieses und jenes. Jetzt blieb mir nur noch die Aussicht zu genießen. Ich erfreute mich an dem tiefen Blau des Mittelmeeres, am Duft von Rosmarin, Thymian und Lavendel und der lauten Musik der Zikaden.

Ein neuer Lebensabschnitt würde für mich beginnen, hier und jetzt, sinnierte ich. *Wie kann ich ihn nutzen? Ich bin gesund, was will ich mehr? Alles andere wird sich fügen. Welchen Weg wird mir das Schicksal aufzeigen? Es hat mir schon so viele Wege gewiesen und ich bin sie alle gegangen und habe sie gemeistert.* Ich stand auf und warf noch einen letzten Blick auf diese beeindruckende Natur. In tiefer Dankbarkeit dachte ich: *Ich komme wieder.*

Nachwort

Auch nach vielen Monaten gingen mir die menschunwürdigen Zustände in der geschlossenen Station der Psychiatrie nicht aus dem Kopf. Immer wieder tauchten Bilder in meinen Gedanken auf, die nicht nur Matteo betrafen, sondern die Gesamtsituation. Das Bedürfnis, etwas zu unternehmen, war sehr stark. Aber was? Ein Gespräch mit dem Professor alleine wäre zwecklos. Die Aufsichtsbehörden mussten darüber informiert werden. Aber wie sollte ich das angehen?

Das Land ist zuständig für diese Klinik. Mein Weg, in der Landesregierung anzurufen und mich nach dem zuständigen Herrn oder der zuständigen Dame durchzufragen, war der richtige. Ein freundlicher Herr, ein Ministerialrat, hörte sich mein Anliegen an und gab mir einen Termin bei sich im Büro.

Wenn ich das nur mündlich vortrage, dann vergisst er das meiste schnell wieder, sinnierte ich. Da der Termin schon drei Tage später sein sollte, machte ich mich daran, alles aufzuschreiben, was mir einfiel. Diesen Bericht schickte ich auch der zuständigen Richterin, die Matteo damals betreut und mir gesagt hatte: »Wenn Sie je etwas unternehmen wollen, bitte unterrichten sich mich davon.«

Freundlich empfing mich der Ministerialrat mit einer Verbeugung und bat mich, Platz zu nehmen und bot mir Kaffee an.

Wir begannen sachlich das Gespräch und er fragte mich, ob es um das Rauchen in den Zimmern ginge.

»Wenn es das nur wäre«, entgegnete ich und übergab ihm meinen vierseitigen Bericht, den ich zuvor verfasst hatte, um auch nichts zu vergessen.

»Das ist sehr gut, ich werde das lesen und mich wieder bei ihnen melden.« Dann fragte er noch, was Matteo beruflich gemacht habe. Als ich ihm sagte, er sei Chef einer Staatskanzlei gewesen und somit Staatssekretär, schaute er mich erstaunt an. Innerlich musste ich schmunzeln. Er fragte mich nach weiteren Details aus Matteos Berufsleben und auch nach seiner Krankheit. Ich erklärte ihm das Wenige, was ich davon selbst wusste. Seine berufliche Laufbahn erstaunte ihn. Wir verabschiedeten uns sehr freundlich.

Es gingen ein paar Wochen ins Land, bis ich ein Schreiben von der Landesregierung mit dem Vorschlag zweier Besprechungstermine in der Psychiatrie bekam. Zum vereinbarten Termin fuhr ich mit sehr gemischten Gefühlen hin. Das Gebäude, dass mich an viel Traurigkeit erinnerte, betrat ich mit großem Widerwillen, die schrecklichen Erlebnisse und Bilder waren noch zu stark in mir. Das Vorzimmer des Professors fand ich sofort. Die Sekretärin geleitete mich in sein Büro, in dem der Ministerialrat schon wartend saß. Zunächst wechselten wir ein paar belanglose Worte und dann sagte er: »Das sind heftige Anschuldigungen, die Sie vorbringen.« Ich erwiderte, dass ich das alles selbst erlebt hätte und ich voll hinter meinen Aufzeichnungen stehen und mich auch nicht beirren lassen würde.

Der Professor betrat mit eiserner Miene den Raum. Mir wurde sofort klar, dass da schon mehr passiert gewesen ist als mein Gespräch mit ihm. Gefolgt von einer Dame, die mir als Medizinische Direktorin vorgestellt wurde, konnte unser Gespräch beginnen. Mit einem freundlichen Lächeln gab sie mir die Hand und setzte sich mir gegenüber. Der Professor saß rechts von mir. Diese Situation passte ihm gar nicht, das merkte man ihm an.

Der Ministerialrat trug die einzelnen Themen vor, die ich aufgeschrieben hatte, und wir besprachen Punkt für Punkt. Die Medizinische Direktorin nickte ab und zu verständnisvoll in meine Richtung. Ihr schienen die Probleme bereits bekannt zu sein. Zumindest hatte es auf mich den Eindruck.

Der Professor saß weiterhin wie versteinert da. Er war es ja, der einen Ruf zu verlieren hatte. Wir besprachen die Sauberkeit beziehungsweise Unsauberkeit der Station. Da erfuhr ich, dass man überlege, der Fremdfirma zu kündigen und wieder durch die eigenen Leute die Reinigung vorzunehmen. Dann folgte der medizinische Teil. Ich erfuhr, dass die Stationsärzte verpflichtet worden waren, nach vorheriger Anmeldung der Angehörigen am nächsten Tag oder an einem anderen zu vereinbarenden Termin für ein Gespräch zur Verfügung stehen müssen.

Ein kleiner Erfolg, dachte ich zufrieden. Dann trug ich noch einmal mündlich vor, dass es viel zu wenig Personal auf der Station gäbe. Dass das Pflegepersonal zwar redlich bemüht sei, aber es sei einfach ein Unding, auch für die wenigen Mitarbeiter, die Arbeit alleine und nur unzureichend stemmen zu können. Noch einmal wies ich auf die Stürze hin, die ich miterlebt hatte. Dazu käme noch schlechte Bezahlung, die auf keinen Fall leistungsgerecht sei, wie ja allgemein bekannt ist. Da erfuhr ich, dass die Krankenkassen den Personalschlüssel bestimmten. Ich schüttelte den Kopf, das war mir neu und unverständlich, hatten sie hier denn den nötigen Einblick? Wohl eher nicht.

Ich verwies darauf, dass Matteo mit prall gefülltem Urinbeutel in ein normales Krankenhaus verlegt worden war.

Dieser Umstand gilt als grober Pflegefehler und ist ein eindeutiger Hinweis auf Personalmangel. Ich hatte den Eindruck, der Professor wollte von seinem Stuhl hochspringen. Zudem hatte er die geballte Faust in der Tasche. »Hat das auch in Ihrem Bericht gestanden?«, fragte er erregt. In diesem Moment wurde mir klar, dass die Justiz hier schon tätig geworden war. »Nein, das habe ich leider vergessen, aber es ist so gewesen.« Er wurde wieder etwas ruhiger. Wir besprachen noch die schlechte bauliche Situation und die fehlenden Einzelzimmer. Dass der Blick durch die geöffneten Toilettentüren auf die Patienten menschenunwürdig sei. Der Ministerialrat warf etwas naiv ein: »Aber Ihr Mann war doch Privatpatient, er hatte doch ein Anrecht auf ein Einzelzimmer!«

»Ja«, sagte ich. »Er hat ein Leben lang einen Zusatzbeitrag gezahlt, damit er, wenn er es dringend braucht, ein Einzelzimmer bekommt, aber hier gibt es keine Einzelzimmer!« Zunächst herrschte betretenes Schweigen.

»Wir würden gerne umbauen, aber es fehlt an den notwendigen Geldern«, warf die Medizinische Direktorin ein.

»Das ist die Realität, wir gelten als ein reiches Land, aber Menschen, die mit ihrer körperlichen Situation für die Gesellschaft nicht mehr tragbar sind, werden unter Bedingungen versorgt, die menschenunwürdig sind. Die Politiker interessiert das alles nicht. Die Kranken und Angehörigen werden mit ihrem Schicksal alleingelassen. Die Besuche auf dieser Station haben nicht nur bei mir und meinen erwachsenen Kindern ein Trauma hinterlassen, auch die Angehörigen, mit denen ich gesprochen habe, litten unter der Art und Weise der Unterbringung ihrer Lieben, wie sie hier stattfindet.«

Das war mein letzter Satz. Wir verabschiedeten uns schweigend.

Auf dem Nachhauseweg dachte ich wieder an Artikel 1 unseres Grundgesetzes: *Die Würde des Menschen ist unantastbar.*

Wenn es nur wirklich in allen Bereichen so umgesetzt würde.

Was wird aus Texten ohne einen guten Lektor oder eine gute Lektorin? Meine gewissenhafte Fee ist Jil Aimée Bayer. Sie hat akribisch genau meine Aufzeichnungen durchforstet und mir viele richtige Hinweise gegeben. Meinen ganz herzlichen Dank dafür. Wir arbeiten weiter.

Erst am Ende unserer Zusammenarbeit fiel mir auf, dass zwischen Jil und mir ein stolzer Altersunterschied von vierzig Jahren liegt.